我与你　不止于别离

A　SEPARATION

漫长的 分离

凯蒂·北村 著

叶琳 译

江苏凤凰文艺出版社
JIANGSU PHOENIX LITERATURE AND
ART PUBLISHING, LTD

献给哈里

PART ONE

也是，一个女人千里迢迢来国外寻夫，若不是为了复合，还能是为了什么呢？男女之间，一个过度的手势或姿态都有可能被对方认作浪漫的信号，即使是在一桩失败的婚姻里，这条原则也同样适用。

她的性感身材对男人来说充满诱惑。他们一见到她的身体就会想入非非，臆想着它的真实触感、手掌下的曲线轮廓和充实肉感⋯⋯她的身体相当有"实用价值"，而我的身体却毫无用处。很多时候，当我躺在床上时，我觉得我的腿、肩、躯体的存在对我来说没有任何意义。

那一瞬间我很震惊。站在我面前的男人似乎分裂成两面。一方面，他从未失去过什么，妻子、情人、父母，甚至连宠物都在他身边。但同时，在他身上，我似乎看到了另外一个男人的影子，那个男人失去了至亲，失去了一切，一无所有。那嘲讽的、冷淡的语气泄露了他深藏心底的秘密。

我又想到克里斯多夫。几天前，他或许也来过这儿，我甚至在这间屋子里感受到了他的存在。他就和我坐在同一位置，与他们面对面坐着，像我现在这样盯着他们。不过，我不知道他们说了些什么，他会问什么问题。每次，我对他的了解总会回到一片空白。

她盯着他，皱了皱眉。这是一个女人，或者说每个人都可能会遇到的两难问题。她无意间闯进了某个男人的世界，这个男人虽不是她理想的爱人，却像条狗似的对她不离不弃——就算被打、被虐待，也始终在她身边。然而，她费尽心力所爱之人却对她不屑一顾。

尽管事实是，我对自己丈夫的下落一无所知，千里迢迢跑到外国来也没找到人。可不管怎样，即使克里斯多夫背叛了我（她掌握的信息让我陷入孤立无援的境地），即使现实十分残酷，我妻子的名分和地位仍然具有象征性的权利。

PART TWO

1 归来

我心中没有罪恶感，也感觉不到悲伤，只是觉得难以置信，这种事居然真的发生了。以前我连想都没想过的事现在却变成了现实——已经发生了，所以是现实。然而，就算它发生了，你还是觉得这事不可能，不敢相信它已经发生了，就像你不敢相信自己会在一次正式演讲中口吃一样。

2 他的私隐

克里斯多夫曾有过多少情人呢？被我发现的有三个。考虑到我们的婚姻，我假装他只出过三次轨，出轨次数是有限的。可是，对于这样短暂的一段婚姻来说，三次出轨，而不是一次两次，难道不严重吗？但我心里清楚他肯定还有别的女人，说不定有很多个。

3 伊莎贝拉

不过，伊莎贝拉似乎没有一点儿内疚感。她的悔意不是发自内心的，转瞬即逝。我坐在对面，看她用一口坚固的牙齿嚼着面包片、培根和鸡蛋。接着，她优雅地擦擦嘴，随手将纸巾放在桌上。我不懂她大吃大喝后为什么还非要摆出一副优雅的样子来，不过，做作又精致，这正符合她的性格。

马克差点站了起来，他脸都羞红了。我知道他会有这种反应，不仅是因为警长当着我的面揭穿了克里斯多夫出轨的秘密，还因为克里斯多夫的背叛让他想起了伊莎贝拉的出轨史。克里斯多夫大概遗传了他母亲的基因，所以注定要出轨。

我知道我不会跟伊莎贝拉和马克坦白。我这么做的真正原因，并不是为了保护伊莎贝拉，也不是因为克里斯多夫，更不是因为我对谁做过什么承诺，真正的原因是为了我自己。我希望在别人眼里，我和克里斯多夫从来没有分开过，我们的婚姻没有危机，没有任何离婚的迹象。不知为何，我突然想继续维持这段婚姻。

他们站在那儿，中间只隔了一尺之距。时间一分一小时地过去了，他们的婚姻之路却越走越长。虽然这段婚姻是失败的，是建立在背叛之上的（有人出过轨，这看似是不可原谅的错误，他们之间的亲密举动看上去并不真实），但至少他们的婚姻仍然存在。

真正的罪人不在暗处，也不是陌生人，而是我们自己。在所有嫌疑人中，没有人比我的犯罪动机更明显了，事实上，我的杀人动机还不止一个……每当这种种犯罪动机加之于身，我的心就被罪恶感吞没，为活着感到羞耻，为无法弥补的错误感到悔恨。

然而，其他人似乎早已释然了。

PART ONE

1 远赴希腊

也是，一个女人千里迢迢来国外寻夫，若不是为了复合，还能是为了什么呢？男女之间，一个过度的手势或姿态都有可能被对方认作浪漫的信号，即使是在一桩失败的婚姻里，这条原则也同样适用。

◆

　　事情要从伊莎贝拉打来的一通电话说起。她想知道克里斯多夫在哪，我却只能尴尬地说我不知道。我能想象她在电话那头的惊讶反应，但我没有告诉她，我和克里斯多夫六个月前就分手了，而且我们已经将近一个月没有联系。

　　我居然不知道克里斯多夫行踪这件事让伊莎贝拉难以置信。她回话的语气咄咄逼人，却并不惊讶，这反倒让我更加惴惴不安起来。每次在伊莎贝拉和马克面前我都手足无措，感觉自己受尽羞辱。克里斯多夫说两位长辈跟我相处时也有同样感受，我的过分矜持在他们看来就是高冷傲慢。

　　"你难道不知道吗，不少人都觉得你有点目中无人？"他经常这么问我。我确实不知道。我们的婚姻，用一句话来总结就是，他早已了然于心的事情我却还被蒙在鼓里。

　　克里斯多夫头脑聪明，在智力上远胜过我，但我们之间却不仅仅是智力相差悬殊的问题，更重要的问题是，双方相互掌握的信息严重不对等。简而言之，就是忠诚的问题——背叛总是将一方置于"智慧高地"，而将另一方推入黑暗深渊。

4

　　然而，甚至背叛也并不是导致我们婚姻失败的根本原因。很早以前我们就曾口头协议离婚，可真正走到这一步还是经历了一段漫长时期。正是生活中那些看似微不足道的小事逐渐瓦解了婚姻的基石。一想到未来，我就畏惧。也许我俩之中已经有人开始后悔了，那些烦琐的程序、令人头疼的文件和网上表格，让人忍不住想退缩。

　　我们离婚的事伊莎贝拉并不知情，所以她才会打电话来向我询问克里斯多夫的状况，这合情合理。"我已经给他留了三次言，"她说，"打他电话就直接转接到语音信箱，最后一次打他手机时，里头响起的竟然是外国语音……"

　　她说"外国"这两个字时还是往常那种语气，疑神疑鬼，有点气恼——她一直都想不通，是什么原因让她唯一的儿子选择远离她。然后话题又转到我身上，她开始滔滔不绝地讲起婚姻的大道理："你是外国人，所以你总显得有点格格不入。你很好，就是跟我们不一样。我们根本不了解你。"

　　接下来，我猜，她一定会提到克里斯多夫是否告诉她我们的婚姻已经结束的事。"这样一来最好，亲爱的，"她会继续说，"反正即便走到最后，你也根本不属于这个家。"

我已经在心中为她预设好台词，可是她并没有"照本演出"，而是突然问道："我只想知道，我儿子到底在哪？"

我的脑袋顿时抽痛了一下。我跟克里斯多夫已经一个月没联系过了，我们最近一次联系是在电话里。当时他说，虽然我们已经不可能再复合了，但他还不想经历这个过程，让我暂时别告诉亲戚朋友。他用了"过程"这个词，这意味着离婚是一件连续不断向前发展的事情，而非一蹴而就的突发事件，所以得慢慢来。他说得没错，离婚这件事自然而然地就发生了，比最初这个念头的萌生来得更加突然。

可离婚这事真的瞒得住吗？我将信将疑，但这并不意味着我不赞同他的观点。在那个时候，这个太突然的变动也让我有点不知所措，而我猜克里斯多夫也有同样感受，所以我们都不知道该如何向众人解释我们婚姻破裂这件事。不过我还是不太喜欢事先串通好这种做法，漏洞百出又毫无意义。但不管怎样，最后我还是答应了。克里斯多夫从我的声音中听出了我内心的犹豫，他要我发誓，保证在我们下次通话前不告诉任何人。我勉强答应了他，气愤地挂了电话。

这就是我们的最后一次通话。

此时，我反复强调我不知道克里斯多夫在哪，可伊莎贝拉却轻笑一声，说："别扯了，三周前我和克里斯多夫通话，他说你俩准备去希腊。现在我联系不上他，你人却在英国，我猜他准是自个儿去希腊了。"

我实在是被弄糊涂了，半晌答不上话来。我不明白克里斯多夫为什么要撒这个谎，我根本不知道他有出国的打算。她继续说："他工作很努力，我知道，他一定是去那搞研究了——"

伊莎贝拉的声音突然变小了，我听不清她说什么。或许她真的在犹豫，或许是在假装，不外乎就这两种手段。

"——我担心他。"

即使她这么说也打动不了我，我才不会把她的担心当回事呢。伊莎贝拉认为她和克里斯多夫的关系有所好转，这是做母亲的人常会产生的一种错觉，而且她们还时常会在这种错觉的支配下做出傻事。之前也发生过一次类似情况，当时她的反常举动让我心中莫名产生出一种胜利感——这个女人竟跑来问我她儿子的事，而且是为了六个月前和一年前发生的一些芝麻小事！

现在，我怀着忐忑的心情听她继续说。

"他说他不是一个人去，我就打电话问他，说你们俩要不要来乡下透透气。"——她再次提到"你们俩"，显然她还不知道实情，我们离婚的事克里斯多夫还没跟她说——"就是那次，他说你们要一起去希腊，你要把手头的书翻译完，他要去那里做研究。结果，现在呢……"她略带恼怒地叹了口气，"你人还在伦敦，可他的电话却怎么也打不通。"

"我确实不知道他在哪。"

这次她停顿了片刻才开口："无论如何，你得马上去希腊找他。你知道的，我的直觉向来很准，我猜他一定是出了什么事，不然他怎么会不回我电话呢？"

伊莎贝拉打来的这通电话造成了两个后果，即使现在看来，它们仍对我有着特殊意义。其一是，本来我没有去希腊的打算，但在她的一再请求下还是去了，尽管我并不太清楚此行的目的是什么。

没错，克里斯多夫撒了谎，骗她说我们俩要一起去希腊。但他大可不必如此。假如他不想暴露离婚的事，随便就能找到一个独自旅行的借口。他可以说我要参加会议，或者说我有一个同时带着三个孩子的女朋友需要我留下来帮忙照看。

　　他还可以说得半真半假，也算是为日后的坦白交代开个头。他可以跟伊莎贝拉说我俩都在度假。当然，伊莎贝拉肯定会追问他，为何要度假或者去哪度假。可惜，这两种方法他都没采用。他大概认为，随便撒个谎或干脆让伊莎贝拉自己去胡乱猜测的处理方式更简单。不过他想错了，伊莎贝拉可没那么好骗。

　　我突然认识到我和克里斯多夫的事该有一个正式结果了。既然我已决定要离婚，那么就亲自去希腊跟他做个了断吧。我觉得这可能是我最后一次尽儿媳的职责了。

　　一小时后，伊莎贝拉又打来电话，说她已经查到了克里斯多夫入住的酒店信息。我真好奇她是如何办到的。这期间，她还用我的名字订好了第二天出发的机票，并记录了航班编号。伊莎贝拉性格张扬，外表优雅，骨子里精明能干，所以我之前一直把她当成一个可怕的对手，不敢招惹她。不过这一切都过去了，再过不久，我们之间连"战场"都将不复存在。

　　我发现她不相信我。她大概认为我是那种没有机票，不知道酒店地址，就绝对找不到丈夫的妻子。正因为她的不信任，我才决心要遵守和克里斯多夫之间的约定。这便是那通电话带来的第二个惊人后果：我没告诉她我和她儿子分手已经有一段时间了，而这才是我们此次没有同去希腊的真正原因。

大概没有哪个婆婆会怂恿儿媳去希腊跟自己的儿子闹离婚。本来我可以留在伦敦忙自己的事，但因为我隐瞒了事实，所以这趟我就非去不可了。我猜假如伊莎贝拉知道她买的机票是送我去跟她儿子离婚的，她肯定会把我杀了。这种事并不是不可能发生，正如我之前说过的，她是个精明强悍的女人。不过她还极有可能会这样说："要知道你们这么容易分开，我就应该早点给你买机票。"

挂电话前，她建议我带上泳衣，并且强烈推荐那家酒店的泳池。

◦----------◦

克里斯多夫入住的村子位于希腊最南端，距离雅典约五小时车程。机场外已经有出租车在等我了，伊莎贝拉做事总是面面俱到。雅典的交通异常拥堵，经常发生交通事故。我们起先遇上了堵车，后来就开进了荒凉无名的高速公路，车窗外的标志我完全看不懂。我累极了，迷迷糊糊就睡着了。

不知过了多久，一阵嘈杂、重复的响声把我吵醒了，醒来时天色已黑。那声音在车内发出回响——咚，咚，咚，然后戛然而止。汽车慢慢驶入一条狭窄的单行车道。我支起身体，问司机是不是快到了，离酒店还有多远。

"到了，"他说，"我们已经到了。"那咚咚的声音再次响起。"是流浪狗。"司机补充了一句。

车窗外，黑夜的轮廓顺着车身蔓延开来，一群流浪狗追在车后跑，狗尾巴打在车身上，发出响声。它们贴得太近了，尽管汽车在减速，但还是很容易撞到它们。司机按着喇叭，想将它们吓走，可这些狗并没有被吓跑，仍然紧追在车后，一直顺着公路跑到一座大型石头别墅前。司机继续按着喇叭，同时摇下车窗，大声呵斥。

车在酒店前停下，门卫打开大门。随着汽车缓缓驶入大门，那些流浪狗终于被甩开了。我从后视镜里看到它们还围在门口，黄色的眼睛就像汽车尾灯发出的光。这家酒店建在一座小海湾的尽头，所以我刚一出车门就听到了水声。我提上手提包和小旅行袋下了车，服务员问我有没有行李箱，我摇摇头。我只用一个晚上就打包好了行李，在这儿顶多住一星期，根本用不着带行李箱。当然，我没必要跟他多做解释。

司机把他的名片递给我，说我回雅典时可以联系他。我接过名片，说没准儿我明早就回去了，到时候给他打电话。他点点头。

"这么晚了，你还要赶回雅典吗？"我询问道。

他耸了耸肩，钻进车里。

酒店大厅里空无一人，我看了看时间，已经快十一点了。伊莎贝拉没有替我订房间，这太合情理了，一个来找丈夫的妻子何必再另外订一间房呢？

我自己订了一个单间，打算暂住一晚。柜台后的服务员诚实得令人吃惊，他竟坦言相告，说这个时节酒店没什么客人，空房间很多。

"现在是九月底，已经过了旅游旺季。可惜海水比较冷，不适合游泳。"他补充道，"不过，酒店游泳池的水温还是非常舒适的。"

我一直静静等着，直到他登记完信息又给我拿来房间钥匙，这时我才开口询问克里斯多夫的消息。

"需要打他房间的电话吗？"

他露出了警惕的神色，虽然这么说着，可手还放在柜台后，并没有拨电话的意思。现在确实太晚了。

"不用了。"我摇头道，"明早再打给他。"

他同情地点点头，眼里满是疑色。或许是因为他见过太多混乱的男女关系，或许他根本啥都没想，只是不自觉地表露出同情——无疑，这种特质对他的工作来说是十分有益的。

我接过钥匙，他没有再多说什么，只交待了早餐的事，并且在送我上电梯时抢着帮我提包。

"谢谢。"我说。

"需要打电话叫你起床吗？需要早报吗？"

"再说吧，"我说，"都再说吧。"

◦ - - - - - - - - - - ◦

第二天早晨醒来，阳光洒满房间。看了一眼手机，里头没有任何留言。已经九点了，眼看就要错过早餐时间了，必须加快速度。但明知如此，我还是在浴室里磨蹭了好一会儿。在此之前我还没好好想过，假如克里斯多夫在酒店看到我或被我撞见时会是什么反应，直到此刻站在喷头下，任热水汩汩流过，水花模糊视线，我才认真思考起来。我猜他的想法很简单，第一反应肯定以为我是来挽留他的。

也是，一个女人千里迢迢来国外寻夫，若不是为了复合，还能是为了什么呢？男女之间，一个过度的手势或姿态都有可能被对方认作浪漫的信号，即使是在一桩失败的婚姻里，这条原则也同样适用。

我就这么突然出现在他面前，他会不会感到不安？会不会陷入沮丧？会不会想知道我究竟为何而来？还是他怕被我抓住，觉得我在纠缠不休？抑或，他会以为家里发生了意外，母亲出了事，后悔没回电话？还是说，他会看到希望，梦想着我们能和好如初？（这希望既是我寄予他的，也是我们彼此之间的一种相互寄予，毕竟当时我同意了他的那个"保密协议"。）

而如果我在此时提出离婚请求，并且态度坚决，他会不会比之前更觉沮丧，或者说倍感受辱？一想到那场面，我就不禁替我俩感到难堪。大概提出离婚时我们俩都是很煎熬的——毕竟我之前七没经历过，也说不好——不过我猜，如果离婚这件事不是在当下这种模棱两可的情景之下发生的话，场面可能也不至如此尴尬。

楼下的大厅依旧空荡荡的。酒店供应的早餐摆放在露台上，从这里可以俯瞰整个海景。我没有在露台上看到克里斯多夫。这间餐厅看上去荒废已久，下面的村庄一览无遗，周围静谧无声，仿佛一切都静止了。石堤两旁立着矮小的楼房，海湾一侧悬崖高耸，寸草不生的悬崖在海面投下明亮的白光。从露台上向下望去，目之所及既宁静祥和又激动人心。悬崖底部还残留着烧焦的灌木和杂草一类的东西，这里最近似乎发生过一场火灾。

我正在品尝咖啡。送咖啡的服务员一边放下杯子，一边说，只有他们这有卡布奇诺和拿铁，其他地方只卖希腊咖啡和雀巢咖啡。

这里的布置非常浪漫，却让我感觉难受。克里斯多夫就喜欢奢华的居住环境，对某个阶层的人来说，奢华就是浪漫。这家酒店是夫妻们度蜜月或庆祝结婚纪念日的圣地。我想象着克里斯多夫被一对对夫妻们包围的画面，心再次被一种难堪的情绪刺痛。真不知道他到底是怎么想的，竟选了这么个荒谬的地方度假。

服务员端来烤面包时被我拦住了。

"这儿好安静，我可能是最后一个来吃早餐的吧？"

"酒店是空的，现在是淡季。"

"肯定还有其他客人吧。"

"发生了火灾，"他耸耸肩，继续说，"把客人都吓跑了。"

"怎么回事？"

"今年一整个夏天，全国到处都在发生火灾。从这里到雅典，沿途好多地方的山都被烧焦了。你要是到村外去，爬上山顶瞧瞧，就能感受到地表还残留着火灾后的余热。世界各地的报纸都进行了报道，整个夏天都有摄影师在这儿拍照。"他边说边模仿着按快门的动作。

他把托盘夹在手臂下，继续说。"他们在酒店里给时尚杂志拍照片。大火烧到悬崖上，你瞧，那片黑色的地方还在呢。"他指着那些烧焦的岩石表面，"他们让模特站在泳池边，火就在他们后面和大海边烧，"他吸了口气，"场面非常壮观。"

　　我点点头，服务员转身走了，没再多说什么。我眼前不由自主地浮现出克里斯多夫在那些照片里的模样。他站在模特和带着苦笑的化妆师、造型师之间，一副不知所措的样子，连他自己都搞不清楚他在那个"马戏团"里做什么。他看上去更像一个局外人。这画面实在令人难以置信。

　　我心神不宁地在露台上四处打量，已经快十点钟了，显然我错过了他的早餐时间。他一定已经吃过了，没准现在已经离开酒店，开始今天的日程了。

　　我起身走进了大厅。昨晚替我办理入住手续的男服务员已经走了，来接班的是一位浓眉大眼的女孩。她的头发向后梳拢，呆板的发型和她柔美、饱满的脸蛋非常不搭。我问她今天早上有没有见过克里斯多夫。她皱了皱眉，似乎不想告诉我。我请她帮我往他的房间打个电话，拨电话时，她直直地瞪着我。我听到电话那头传来无人接听的嘟嘟声，而她那职业性的发际线之下，却露出一脸公然的愠怒。她挂断了电话。

　　"他不在房间，你要留言吗？"

　　"我想尽快和他谈谈。"

　　"你是谁？"

她粗鲁地，甚至带点敌意地问。

"我是他妻子。"

她露出震惊的表情。

看到她的反应，我瞬间明白了。克里斯多夫是个调情高手，喜欢有意无意地挑逗女孩。他根本不假思索，尽管率性而为。一般人寒暄时说的"你好""谢谢""不客气"，一个绅士为女士开门时的动作，这些微不足道的琐事，到了他那儿都能自然而然变成一种搭讪手段。在这方面，克里斯多夫过于随便，四处留情，这反而降低了他的魅力。一旦你识破这个男人的伎俩，对他的诱惑保持警惕的话，他身上的光环就自动黯淡了。可惜，很多人就像眼前这位年轻女孩一样，还没来得及认清他的真面目就已跌入陷阱。看得出，她在保护他，仍愿意做他的俘虏。

"他，他，好像克里斯多夫属于她似的。"我心想着，往后退了退。

"请告诉他，他的妻子在找他。"

她点头。

"等他一回来就告诉他。我有很重要的事。"

　　我正要转身离开，听到她在背后小声嘀咕，肯定是在骂我。妻子总是被骂的对象，尤其在这种情况下。

　　"我想出去散散步。"

　　她惊诧地抬起头，不敢相信我竟然还没走。她巴不得我赶紧消失，显然我的出现令她非常不快。不过我确实想去散散步，却又不知该去哪，所以就一直在附近徘徊。她指了指码头方向，说："这个村子很小，你绝对不会走丢。"我点点头，顺着她指的方向走去。

○ - - - - - - - - - ○

　　尽管已经是九月了，天还是很热，阳光依旧毒辣。走出酒店的那一刻，我感觉眼睛都快被阳光刺瞎了。空气中弥漫着一股焦味，让我在某一瞬间产生一种幻觉，仿佛大地仍在燃烧。

　　我刚走出酒店大门就看到了昨晚的流浪狗，它们朝我跑过来，尾巴在空中画着圈，这既不代表友好也不代表敌意。我喜欢狗，有一次差点养了狗，但因遭到克里斯多夫的反对只得作罢。他说得没错，我们经常出去旅游，根本没时间照管它。我伸手去摸离我最近的那只狗，它的毛又短又稀，光滑得像人的皮肤。它残疾的右眼浑浊不明，眼神中透出智慧又孤独的光芒，那是一种动物特有的绝对空洞。

其他狗也向我围过来，在我的腿边和手边摩来蹭去，然后一哄而散。这些狗往前跑了一段，慢慢转了个圈后又跑回来，陪我走到堤岸。只有那只右眼残疾的狗一直跟着我，没离开过。此时已接近正午时分，海湾里的水又清又蓝，几只孤舟停泊在水面上。

格罗妮美那是一个小渔村，我在路上偶遇了几家店铺——一家新开的报摊，一家烟草店，一家药店——全都关着门。走着走着，狗儿们渐渐散了。酒馆外零星坐了几个人，我打量过去，试图在他们中间寻找克里斯多夫的身影。这些人满脸皱纹，皮肤被太阳晒得黝黑，和克里斯多夫没有丝毫相同之处。克里斯多夫肤白面净，跟他们形成了鲜明对比。他不过分自负，但在异性和普通人眼里却极具魅力，这点或多或少地影响着他的人生。

我在堤岸上也没找到克里斯多夫，这儿只有几对悠闲的男女和两三个渔夫。狭小的海滩上空无一人。站在海边，回望酒店，十分钟路程的距离，景色却截然不同。在酒店里，你可以随便活动，那里一切都是奢华的，可一旦走出酒店小心经营的区域，你就不得不面对这里独具地方特色的自然和人文环境。我发现周围的村民都在打量我。这是他们的权利，谁叫我是个外来"入侵"者。我低下头，往酒店走。

我在外面逛了不到一个小时，回到酒店大厅时，之前那位年轻女服务员已经下班了，昨晚的小伙子又回来了。见我走进来，他抬起头，从柜台后跑过来。

"不好意思，打扰一下——"

"有事吗？"

"我同事跟我说您是华莱士先生的妻子。"

"是的，怎么了？"

"您先生本该今早退房，但他这会儿还没来办理手续。"

我看了看手表，已是中午了。

"其实，我们已经好几天没见到他了。他出去旅游了，一直没回来。"

我摇了摇头，问道："他去哪了？"

"我们只知道他租了辆车，雇了个司机。他已经提前付了房钱，叫我们把房间留着，等他回来。"

我们面面相觑，陷入一阵沉默。接着，那个服务员清了清嗓子，十分礼貌地说："但是，有人预订了他的那间房。"

"嗯？"

"预订了那个房间的人今天将要入住。"

"酒店现在不是有很多空房吗？"

他略感抱歉地耸耸肩，答道："没错，我知道。不过人们本来就挺荒唐的，我估计是有人要来庆祝结婚纪念日。这对儿夫妻度蜜月时就住在那间房，所以那个房间对他们来说有特别的意义。他们下午就要入住，所以你看……"

他的声音变小了。

"我们得把他的东西搬到其他房间。"

"可以。"

"如果他今天要跟您一起离开的话，我们可以帮他打包。"

"我不清楚他准备待多久。"

"好吧，我懂了。"

"他在搞研究。"

他扬手打断我，好像我说了什么废话似的。

"现在我们要清理他的房间，您要一起去吗？"

我等他回柜台取钥匙，然后跟着他上了楼。克里斯多夫住在酒店的另一头，顶层最后一个房间。这个小伙叫科斯塔斯，我从他别在制服上的工牌上看到了他的名字。他解释说克里斯多夫一直住豪华套房，那间房视野好，可以俯瞰整个海湾的美景。

"如果您想多待几天，我强烈推荐这间房，那对夫妻走后，这房间就空出来了，说不定那时您丈夫也回来了。"他说。

我们终于来到房门口。科斯塔斯以酒店人员职业的、特有的熟悉手势，小心翼翼又略带莽撞地敲了敲门。紧跟着，他的手已经搭在了门把手上。那一刻，我产生了某种幻觉——门打开了，克里斯多夫就站在我们面前，一脸错愕又略带惊喜的模样。片刻之后，科斯塔斯打开门，然后我们一起走了进去。

房间里的乱象令人大跌眼镜。克里斯多夫没有洁癖，但也绝不邋遢，他从没有在脏乱的环境中居住过——不是因为他会自己打扫房间，而是他会请清洁工来整理，曾经有一段时间一直是我帮他打扫。

正如科斯塔斯之前所说，这间豪华套房里有独立的客厅和绝佳的视野，肯定是这间酒店里相对较贵的房间。但是房间里面脏乱不堪，一片狼藉。

地板上到处都是脏衣服，至少有好几天没洗过了；桌子上堆满了书和论文，床边的电线、耳机、照相机绞在一起；他的随身笔记本电脑被丢在地板上，电脑盖还开着；房间里还放着托盘、咖啡壶、几瓶没喝完的水和一个上面残留有食物碎屑的盘子。

我感到十分纳闷：为什么酒店清洁工没有把这些垃圾及时清理掉呢？床摆在房间中央，床铺没有整理，床上堆满了报纸和笔记本。房间经人擦拭过，地板也拖过了，不过清洁工打扫时似乎刻意避开了这些东西，包括垃圾。

"他叫清洁工不要动他的东西。"科斯塔斯耸耸肩说，"客人的要求，我们只能照办。但是你看——"

他走到衣柜前面，打开柜门，衣柜底层堆的脏衣服更多。最上面一层放着 T 恤和裤子。这些衣服我全认得，花纹和质地，一只袖口上的磨边，一切都是那么熟悉。此刻，我在这里的存在感散落在这些和我朝夕相处了好几年的衣物上。这种熟悉感让我心中一阵刺痛，我不禁想起了这些东西的主人——他前几天还住在这，可如今却下落不明。

科斯塔斯拍了拍手，打断我的沉思。

"好的，我们要开始打包了，您不介意吧？"

我点了点头，视线落在那堆书和论文上。克里斯多夫随身带的书和论文全都是与希腊相关的，其中甚至还有一本介绍希腊习俗的书。我随手翻开一个笔记本，发现根本看不懂他凌乱的手稿——反正我从来都看不懂他的字。

科斯塔斯用房间的电话呼叫前台，让他们派一位清洁工来。几分钟后，清洁工来了，他道了歉，开始打包衣物。现在已将近下午一点，新客人随时可能入住，但眼前这间房恐怕还要好好收拾一番才行。

这时我的手机响了，我从口袋里摸出手机，看了一眼，是伊莎贝拉打来的。她真会抓时机。我的回答很简短，可她才不管，连招呼都不打，一上来就问她儿子在哪，叫我把电话递给她儿子。

我听到电话那头在放布里顿的《比利·巴德》①。伊莎贝拉和马克是戏剧迷，有一次，他们还叫我和克里斯多夫一起去德林布恩艺术节②看戏，我记得那是一次很不愉快的经历。当时我和克里斯多夫的婚姻已经出现了问题，我们几乎没怎么和对方讲话，但伊莎贝拉和马克兴致高昂，完全没有发现我俩的异常。那晚，他们的全部注意力都在戏剧上，比任何时候听得都认真。

　　我还记得，那晚坐在剧院里，我开始沉思起来——思考音乐，以及眼前这尴尬局面。我不是布里顿的粉丝，来听他的音乐会并不能拉近我和公婆之间的距离。现在，再听到那首熟悉的音乐，我才发现空间距离对那个故事来说有多重要。整个故事几乎都发生在海上，缺少空间距离的话，最基本的情节都无法成立——就不会出现叛变，也就不需要军事法，

---

　　①　《比利·巴德》：由20世纪英国古典音乐代表人物之一的本杰明·布里顿所创作，根据麦尔维尔的小说《水手比利·巴德》改编而来，小说讲述了一个发生在战船上的故事。
　　②　德林布恩艺术节：是英国一年一度的歌剧节，作为全球歌剧季的重头戏，全球各地的乐迷都拥向这座英格兰南部的乡间庄园。每年，拥有1200个座席的歌剧院会推出六部恢宏剧作。剧作每年都会有所变化，但节日主要因上演莫扎特歌剧而闻名。

那么比利·巴德也就不会死了。

这部剧的音乐过于密集，看剧时就像在盯着一面石墙。尽管我不喜欢这部歌剧，却不得不承认故事本身还是非常震撼的。整个故事向读者展示了一个男人们背井离乡、奔赴战场或出海远航的时代。

现在的男人不用背井离乡，至少绝大多数人不用出海，不用穿越沙漠。他们每天都坐在办公大楼里，早晨按时上班，看到的是千篇一律的风景。生活对他们来说就像吸二手烟，无法被自己主宰，只有在背叛的乐园里，他们才能享有一点个人隐私，寻求为心的生活——一旦选择背叛，跟妻子成为陌生人，他们就能随心所欲地生活了。

音乐戛然而止，伊莎贝拉又问："克里斯多夫在哪？"

我盯着满屋的狼藉，犹豫了半晌才答道："我没找到他。"

"可你不是在那儿吗？难道你不在马尼？"

"我在。问题是，他不在这里，不在酒店。"

"那他在哪？"

"不知道。"我说，"好像去旅游了，他雇了个司机。他的手机打不通，可能是忘了带充电器。"

这时，我发现他的手机充电线还挂在床边的插座上。

"我会等他回来。"我说。

"你必须找到他以后再回来。"她说，"一定得找到他。"

"我会的。"我回答，"但是，我想不该是我去找他……"

假如她听见了，敏感的人大概会追问这句话的意思。如果她继续追问的话，我会说出真相的。因为此刻，站在这间屋子中央，我感觉没必要再保守那个秘密了。

然而，伊莎贝拉没有问，或许她根本就没听到。

"你必须找到他以后再跟他一起回来。"她重复道，"一定要把他带回来。"她的声音听起来有点神经质。

这对母子的关系本来就不好。难怪克里斯多夫终其一生（或者说自从长大成人后）都在躲避自己的母亲。不仅如此，他向任何人或事走近之前，通常都会先逃开。

我放下电话。我叫科斯塔斯将剩下的东西打包进箱子里，等克里斯多夫回来再做打算。他点点头。说完，我走出了房间，心想：这下我就能回伦敦了。

A
SEPARATION

2 性感女郎

她的性感身材对男人来说充满诱惑。他们一见到她的身体就会想入非非，臆想着它的真实触感、手掌下的曲线轮廓和充实肉感……她的身体相当有"实用价值"，而我的身体却毫无用处。很多时候，当我躺在床上时，我觉得我的腿、肩、躯体的存在对我来说没有任何意义。

◆

　　我还是决定留下来。我跟科斯塔斯说，这里让人流连忘返，所以我决定再多待两天。遇上这么完美的天气，光是静静待着什么也不做就够幸福了。

　　我在外面吃过午餐，接着又去泳池游了会儿泳。正如科斯塔斯所说，泳池的水温舒适暖和，泡在里面就跟泡温泉似的。伊莎贝拉说得没错，这里的泳池确实很棒。之后我看了会儿书，手里虽然还有些工作要处理，但都不是什么紧急任务。

　　我并不介意多等几天，等待并不意味着我在犹豫。然而，任何决定在付诸行动之前都只是假想。虽然我已经决定要离婚，但我还没采取行动，还没当着克里斯多夫的面提出来。当面讲出"离婚"这两个字是非常重要的。不过，我们面对面时从没提到那两个字。毕竟，一旦真的说出口，离婚的局面就彻底无法挽回了。

　　这件事一直这么悬着，但却像游戏的终局或最可怕的一幕剧情一样无法逃避，或者换句话说，我俩终将得到解脱。

"离婚"这个词是十分沉重的，对于成人来说是"Ça me pèse"①。童言无忌，孩子口中的"讨厌你"或"我爱你"没有任何深层意义，而成人说这些话时就必须三思，不能只是随口说说而已。类似的例子还有"我愿意"这三个字。小孩玩过家家时常说"我愿意"，这对他们来说只是一个游戏，但是，随着我们年龄的增长，这三个字的意义已经变得越来越沉重了。

"我愿意"，这三个字，我自己说过多少次呢？成年后，我只在婚礼上说过一次。我和克里斯多夫的婚礼是在一个法庭里举办的，婚礼快开始了我们才赶到现场，事先没有彩排。法官说我们只需要重复他的话就行，连傻子也不会出错。于是，当着亲朋好友的面，那是我第一次，至少是成年以来第一次说出"我愿意"这三个字。

我记得当时我的内心深为震撼。那具有权威性的宗教仪式，以及我说出那三个字时所带有的仪式感，这一切都具有某种深刻到近乎疯狂的重要意义。那一刻我突然明白，为什

---

① Ça me pèse：法语，意思是"我的负担"。

么"我愿意"这三个字后面会连着那句古雅的誓言——"至死不渝"。在结婚这种喜庆的场合，显然不该提到死亡，但是这句话却起着重要作用——它提醒一对新人，他们正在下一场疯狂的赌注，而这个赌注就是婚姻。

　　除此之外，当时我还有其他感受吗？已经记不清了。虽然不过是几年前才发生的事，但这个时间长度足以模糊记忆。虽然有很短暂的某些时刻，婚姻让我觉得可怕，但是更多时候，我都是幸福的。在很长一段时间里，这段婚姻都是幸福美满的。基于这些原因，要我真的开口说出那几个会毁掉这段美好婚姻的字实在不易。所以，虽然我现在正为了离婚的事在酒店里等克里斯多夫，但事实上，我并不想那么快面对他。虽然我已经做出决定，但我可能更愿意在太阳底下坐上几个星期，就那么干待着，什么也不做，什么也不说。

　　那天下午，一对夫妻住进了克里斯多夫的房间。夫妻俩在车上喝过酒，经过大厅时都醉醺醺的。他们的司机正好是送我来的那个人。他手上提了三个大行李箱，跟在夫妻俩后头，殷勤地为他们服务。从我旁边经过时，他轻瞟了我一眼，但没有认出我，只是微微点了点头，然后继续跟在那对蜜月夫妇身边，忙得不可开交。

那对夫妇看上去像斯堪的纳维亚人，都是白皮肤，蓝眼睛，明显与本地人在长相不同。妻子的头发是浅金色的，丈夫的皮肤被太阳晒成了不自然的红色。看得出他们深爱着对方。二人一路不停亲吻，从我站的地方都能看到他俩的舌头是如何缠绵的。科斯塔斯正当值，他带着一副禁欲的神情，等待着给这一对儿办理入住手续。可他俩根本停不下来，甚至连登记名字、国籍、离开日期的空都没有，只顾忘我亲热。

站在柜台后的科斯塔斯漠然地盯着二人身后的墙，告诉他们在哪用早餐，并问他们需要哪种报纸，是否需要叫他们起床。（显然他们不需要。）夫妻俩并不在乎酒店有多安静，说话时大声又随意，那架势好像以为自己住进了拉斯维加斯或摩纳哥的酒店。

我一直注视着这一对儿，直至科斯塔斯领着他们穿过走廊。夫妻俩紧紧拥着，不断向对方发出饥渴的信号，毫不掩饰自己的欲望。二人上楼后，往克里斯多夫的房间——当然，那已经不再是他的房间——走去。服务员提包跟在后面。在此之前，我看见那个服务员将克里斯多夫的行李搬进了走廊里的储藏室。

克里斯多夫呢，仍然下落不明。坐在露台上时，我突然想起往日的某个下午。当时我正在考虑要不要翻译一本小说，小说讲的是一对夫妻的孩子在沙漠里失踪的故事。出版商将小说发给我，我至少得先试译一章，这样我们双方才能知道这本书到底适不适合由我来翻译。

翻译是一件很神奇的工作。人们常说，成功的翻译应该让读者看不出翻译的痕迹，译者的终极目标就是完全隐身。这句话说得没错。翻译就好比架桥，既是一种写作，但又不同于写作。克里斯多夫认为我谈翻译的方式太抽象了，难以理解。可能他觉得我的观点不对，甚至有点故弄玄虚，也可能他凭直觉感到，吸引我的正是翻译工作本身隐含的这种内在被动性。本来我就想当个译者或媒体工作者，这两个都是我理想的职业。听到这番话，克里斯多夫肯定会被吓坏的，因为从儿时起他的梦想就是当作者，准确地说，是成为一名作家。而我正是深知这一点，才故意那么说的。

接下来的几个小时我都在阅读。其间科斯塔斯来过一两次，给我端了杯咖啡，问我是否要在酒店里用晚餐。他没有提克里斯多夫，当我问起时，他摇摇头，耸肩道："没有消息，根本没有。"傍晚时分，早上见到的女服务员又回来值班了，穿过大厅时冲我摆了张臭脸。

她从我旁边经过时，我趁机打量了她一番。虽然酒店很安静，但她似乎有忙不完的事。她在走廊的两头来回穿梭，接电话，向服务员和女佣传达命令。这个女孩挺有魅力的，我想象着克里斯多夫和她在一起的场景——克里斯多夫肯定会挑逗她，没准还跟她上了床，这种事并不是不可能。

我继续观察发现，她身材比较胖，长得不算漂亮，不符合一般人心目中的美女标准——所以女人会狂热地使用肉毒杆菌这类东西，以及有冻龄功效的面霜，不仅因为她们想追求年轻，还因为大众审美对过于肥胖以及年老女人的嫌弃——不过毋庸置疑，她肯定自有她的魅力。

她的性感身材对男人来说充满诱惑。他们一见到她的身体就会想入非非，臆想着它的真实触感、手掌下的曲线轮廓和充实肉感。我注意到，她的浓眉很浓，留着乌黑的长发——简单地编成辫子，垂在脑后。我和她在外形上是完全相反的两种类型，我们不光肤色不同，身材也不同。她的身体相当有"实用价值"，而我的身体却毫无用处。很多时候，当我躺在床上时，我觉得我的腿、肩、躯体的存在对我来说没有任何意义。

眼前这个女人的身体才有价值。我从镜子里看到她在大厅里穿行，穿着酒店的制服和一双舒适的鞋。这种工作几乎要站一整天。虽然她步伐很快，但她的身体稳得就像注了铅似的，稳稳地抓住地面。面对如此性感的身体，大概谁都无法抗拒。克里斯多夫肯定立刻就被她俘获了。他是个处事圆滑的男人，婚姻生活不太顺，独自来旅游，无所顾虑，有关他的一切在对方眼中都充满了吸引力。

这个女人肯定也抵挡不了克里斯多夫的魅力。他潇洒富有，独自一人，无牵无挂，显然活得很洒脱——只有悠闲的人才会在酒店和村子里逗留这么久，大多数游客也就待上几天，最多一周，度个假就回去了。

坐在露台上，阳光迎面洒下，往事再度浮现。我知道部分真相，再稍加想象，就能猜到整件事情的始末。那是很久以前的事了，现在我已经能平心静气地回忆它——克里斯多夫当时是怎样接近那个女人，如何闯入对方心里的。他总是有办法让别人记住他。

我点了杯饮料。天气很热，汗水顺着我的锁骨滑落，想象蔓延开来——

他抓住她的手腕，先伸出拇指，接着是食指，去触摸她。她抬起头，并不看他，而是看旁边有没有其他人。大厅里空无一人，她不必担心。

服务员送来饮料。殷勤地问："您还需要其他什么吗？"

"不用，可以了。"

"我来调一下遮阳伞吧，太阳特别毒辣。"我来不及阻止，他已经将看台挪开了几英尺，看台底部与石头地板相互摩擦，发出刺耳的声响。

服务员抓住伞边，让它往我这边倾斜。这样好多了，总算凉快下来。太阳确实太毒了。我对他说了声谢谢，继续未尽的想象。

他牵着她走上楼。她跟在后面，催他快点。如果被人撞见的话，她就太尴尬了。

服务员还没走。

"现在好了。"他说。

那一刻，她选择相信他，跟他进了房间。他们只能在酒店里偷情，没其他地方可去。她死也不可能带他回家，因为她父母就住在隔壁，更何况她还要跟兄弟姐妹同住一间房。

"可以了，"我说，"非常感谢。"

他打开门，让她先进去。

服务员的身影挡住了阳光。"没有其他事了吗？"他满怀期待地问。

房间里很凉快，窗子是敞开的，通往阳台的门半掩着。她有点紧张，心想，说不定有清洁工正在打扫呢。不过一般这个时间清洁工不会来。他把钥匙扔在桌上，查看手机上是否有新消息。他是那么轻松自在，这让她感到不可思议。她无法想象，在这样奢华的房间中，他竟能如此自如。

"不用了，谢谢。我真的没其他需要。"服务员终于走了。

她以为他会先给自己倒杯饮料，这不是惯有的套路吗？她不知道，毕竟，这种事她还没有经验。他可能会呼叫服务员，像她见过的其他夫妻那样，点瓶必点的香槟。然而他没有。他放下手机，直接就抓住她的肩膀，将她转过来。这样突如其来的冒犯让她立刻兴奋起来。

事实是这样吗？应该差不多。我闭上眼睛。虽然那已经是陈年往事，但我依然能够十分清楚地回忆起来。不论是跟这个女人还是其他女人，他的调情手段大同小异。

接下来也一样，最后她肯定很满意。不过，十分钟或半小时过后，她就忍不主要开始怀疑了。

怎么回事，他没睡着？（他从来不在那个时候睡觉，但她并不知道。）他没看她，而是盯着天花板出神。她欲言又止。"这样多久了？"她想问又不知如何开口，接着她迷迷糊糊地睡了一会儿又醒来。她伸手想去摸他的手臂，还没碰到，他突然转身，笑着握住她的手。

晚餐时间，露台上又空了。餐厅被精心布置过了，每张桌子都搭着白色桌布，桌上摆着蜡烛和花。有一对德国夫妇带着两个孩子在用餐。他们吃得很快，我刚到他们就走了。两个孩子都很安静，表现得很有教养。一家人吃饭时几乎没怎么说话，妈妈时不时俯身给孩子们切食物。服务员还是早上那些人，等那家人一吃完，他们就忙不迭地开始清理桌子，就好像座位被订满了似的。等收拾好桌子后，他们又闲了下来。

　　我正在点咖啡的时候，那对新婚夫妻来了。在我看来，他们就是来度蜜月的。尽管科斯塔斯说他们是来庆祝结婚纪念日的，但二人的行为怎么看都像是新婚夫妻。他们还在喝酒，比下午到达酒店时喝得更醉了。

　　走进餐厅，美景让他们惊叹不已，妻子激动地抓住丈夫的手肘。不错，此时的景色非常壮观，太阳缓缓落下，天空残留一抹余霞。

　　他们坐下来开始点餐。丈夫立刻开了瓶香槟来庆祝。"来啊"，任何东西都是"来啊"，他们一直在重复这个词，像在互相抛球似的。

　　"来一份龙虾？""来啊。""来一份鱼子酱？""来啊。"他们一边对服务员说英语，一边激动地用手比画。妻子甚至还拿起菜单浑了两下。接着服务员拿来一瓶香槟、一篮面包和一杯冰水。

　　我让服务员将账单送到房间。但眼下时间还早，我不愿整晚都待在房间里，更沿着石堤漫步。

　　石堤从露台一直延伸到海边，约十英尺宽，高大坚固，向海里延伸数百英尺，从四面围住海水，令人惊叹。很快，餐厅那边的嘈杂声和新婚夫妇的说话声都被夜色吞没。

　　四周万籁俱寂，耳边只有海浪声。我一直走到石堤尽头，在岸边小坐了一会儿。

　　如果换一种生活方式，我和克里斯多夫也能像那个安静的德国家庭，甚至像那对新婚夫妻一样。但这对眼下的我们来说已经不可能了，我的这个假想太过荒谬了。我听见身后传来脚步声，不一会儿服务员出现了，给我拿来一杯红酒。

　　"这是酒店的赠品。"他说。

　　这会儿的我看起来大概正需要一杯酒。

"会涨潮吗？"我询问道。

"会，最高时可以把码头淹没。"他回答说。

"这里曾有人溺水吗？"

"有时会有人溺水。不过这儿的水很安全，没有旋涡，也没有鲨鱼。"

我抬头看他是否面带笑意，然而身处一片黑夜之中，什么也看不到。

"大多数溺水的人都是自杀。"

这句话像是个玩笑。

"溺水的人多吗？"

他摇摇头，开始往后退，似乎有点生气。

"几乎没有。"

他转身走了。我在后面叫他，告诉他我随后就回，免得他担心。他点点头，进了酒店。过了一会儿，我也起身准备往回走。站在黑夜中，我看见酒店三楼小阳台的玻璃门还开着，那对新婚夫妇出现在阳台上。他们紧紧相拥着，根本无暇欣赏海景——也不像其他人那样，倚在栏杆边上抽根烟或者做些其他事——丈夫的手在妻子背部上下游走，妻子一手捏着他的下巴，另一只手顺着他的后腿滑下。

　　我感觉自己像"偷窥狂汤姆"，顿觉无比尴尬。偷窥并不光彩，不过四周黑漆漆的，我实在不知道该把目光落在哪里。阳台上的夫妻被灯光笼罩着，仿佛置身舞台中央。这场景在我看来既不优雅也不色情，这对夫妻之间的激情总是显得有点诡异。他们继续缠绵，展露动物的原始欲望。虽然他们对彼此的渴求看起来就像是一场表演，但这一幕却又千真万确地发生在眼前。

　　这是真实发生的事，不过他们肯定也意识到了聚集在自己身上的灯光多么具有戏剧性，黑夜里的阳台多么像戏剧舞台。他们花钱住进豪华套房，房间的设计又是如此浪漫，自然想要在这儿上演一幕浪漫剧。

　　每一段爱情都需要背景和观众，尤其在现实生活中，一对夫妇仅靠他们自己是很难产生出浪漫爱情的。设想一下，你和另一个人，你们要朝夕相处，而不仅仅是一次纵情，那么还想要一次又一次地保持热度，这绝非易事。所以很多时候，只有在特别的环境里，在他人的注视下，爱情才会变得更加强烈。

这对夫妻需要的特别环境就是克里斯多夫的房间。我猜，克里斯多夫肯定也曾一个人或跟某个人在那待过。我在码头尽头又逗留了片刻，看着那对夫妻久久地相拥着。最后，妻子拉着丈夫走进房间，关上了门。我意兴阑珊，走向露台，返回酒店大厅。那个年轻女服务员站在柜台后，走进大厅时，我朝她点了点头，她转过视线，并且叫住了我："你有他的消息吗？"

　　我停下来。她低头盯着地板，似乎后悔自己问出了口。接着，她抬起头，挑衅似的瞪着我。我们之间毫无共同之处，没有任何交集。不过，我们都在等同一个男人。她的问题进一步证明了我的猜测。我摇头，她看上去既有点失落又有点高兴。我知道，假如我说他回来了，这对她来说无疑是晴天霹雳，因为那意味着，此刻我正要上楼见克里斯多夫，她爱的男人正在我的房间里。

　　"他会回来的。"我说。

　　她点点头，表情好像在问：他以前干过这种事吗？难道他就是这种人？是个靠不住的人？一声不响地玩消失？我不想安慰她，毕竟这些问题不是我的烦恼，我何必多管闲事呢？

　　她沉默了，我觉得我必须找些话说，来打破这尴尬："最近，他有点反常。"

　　我说完后，她向后退了退，明显有点反感。她大概以为我是在讽刺他们之间的这段艳遇，不过是一次反常的、无足轻重又毫无意义的出轨。

　　"他有点失常。"听了这话，她的表情越发阴沉下来，脸涨得通红。

　　这一次，克里斯多夫大概体会到了什么叫"贪多嚼不烂"。这个女人绝对不是那种他可以呼之则来、挥之即去的类型。他可能想甩掉她，所以逃走了。不过，他没必要丢下行李，附近有那么多豪华酒店，何不干脆换一家？作为久经情场的万人迷，要摆脱一个女人的纠缠对他来说轻而易举。

　　一阵沉默后，我问她叫什么名字，她稍稍犹豫了一会儿才回答说她叫玛丽亚。

　　"很高兴认识你。"我说。

　　她敷衍地点了下头，匆忙移开视线。

　　我转身离开，心想：本次正妻与第三者的交战被我搞砸了。不过，我哪里料到她竟如此情绪化呢？我慢慢释然了，不管是什么感受，嫉妒还是猜疑，我都不会吃醋。这会儿，她已经不知道该生气还是该觉得羞耻了。不过，看她的表情，我发现她还是心存幻想的。爱上一个人却不知道对方是否同样爱自己，这的确是非常痛苦的，容易产生出最消极的情绪——嫉妒、愤怒，以及自我厌弃。

3 另一个他

　　那一瞬间我很震惊。站在我面前的男人似乎分裂成两面。一方面，他从未失去过什么，妻子、情人、父母，甚至连宠物都在他身边。但同时，在他身上，我似乎看到了另外一个男人的影子，那个男人失去了至亲，失去了一切，一无所有。那嘲讽的、冷淡的语气泄露了他深藏心底的秘密。

◆

第二天早上我给伊莎贝拉回了通电话，我说我没找到克里斯多夫，他没回酒店。

她问："你难道不担心吗？"

我说："有什么好担心的。他来希腊搞研究，很可能会去邻村旅游一圈，也可能去雅典查资料了。"

"研究？！"她冷笑，"什么样的研究？"

克里斯多夫二十几岁时就出版了自己的处女作，那本书在出版界，甚至在读者当中都广受好评，还曾进入过畅销书排行榜。那是一本非虚构作品，题材独特甚至有点另类，主题探讨的是音乐与社会生活的关系——音乐在仪式和庆典上所起的作用，音乐对公共场所的界定和音乐在宗教及意识形态中的劝导功能。

那本书内容涉猎广泛，行文洋洋洒洒，有克里斯多夫独特的写作风格，一会儿比较室内音乐的相对隐秘性与管弦乐的激昂，一会儿又回忆起他青少年时期去不同的夜总会的经历。他谈到第三帝国①的音乐、布商大厦管弦乐团的声乐，还讲了自己在国王学院教堂听亨德尔的康塔塔的事。（他曾经在国王学院进修过，先进修音乐，然后是写作。但我猜他其实是去休养的。）

的确，那本书缺乏深厚的研究基础。一些书评人指出了其中明显的错误和疏漏，不过影响不大，毕竟，克里斯多夫又不是专业学者，而且这本书本来就是写给普通读者看的。

克里斯多夫算得上一位通才。从那本书闲散的写作风格可以看出，他擅长的是找出各种材料之间的关系，然后用散文的笔法将这些材料串起来。

那本书出版时，我还不认识克里斯多夫，我遇到他时，他已经是小有名气的作家，过上比较舒适的生活了。他被邀请去做讲座，给各大报纸写评论，他的书也被译成好几种语言，输出到国外。某所大学聘他担任教授，他拒绝了。他不缺钱，而且已经跟出版商签了第二本书的合同，不过他一直没有交稿。

———————————

① 第三帝国：Third Reich，指希特勒统治下的德国（1933-1945）。

我们认识对方时，他正在写他的第二本书。他是个拖延症患者，说起来滔滔不绝，绘声绘色，行动起来却困难重重。我很快意识到，比起写书，他更喜欢谈书。他说第二本书研究的是世界各地的葬礼，是包含文化、政治、科学的作品，囊括了世俗和宗教的仪式，"描绘"——我想他用的是这个词来聊各地的文化和历史差异。

　　一个不曾失去过什么，生命中所有最重要的东西都应有尽有的男人，偏偏要写"葬礼"这个主题，这难道不奇怪吗？就算他有悲伤的理由，那也是抽象的。但是，他却被那些经历过失去之痛的人深深吸引了。不了解的人还以为他是具有悲天悯人的情怀，殊不知，他对别人的同情心跟他的好奇心一样，只能维持三分钟热度，一旦新鲜感没了，他就会假装视而不见，置身事外。至少，与他最初给读者留下的博爱形象相比，真实的他远不如别人以为的那么热心。

　　不过，这就是他一贯的行事风格，他的生活方式。他有写作的天赋，却以浅尝辄止的态度追求事业。婚后五年里，我从没见他去过图书馆，即使在他做研究期间也一样。所以，伊莎贝拉对他的工作总是不屑一顾。虽然克里斯多夫在事业上取得了一些成功，但是伊莎贝拉从未放在眼里。她想要儿子从事法律、金融或者政治方面的工作，总说克里斯多夫有这些方面的雄才大略。

　　不过，正如我说的，克里斯多夫在他研究的领域有绝对发言权。哀悼仪式这个主题毫无趣味之处，他却能把特殊仪式和传统习俗讲得趣味横生，让读者被他的热情感染。克里斯多夫想必是为研究职业哭丧人——就是那些被雇佣来负责在葬礼上哭喊的女人——才来希腊的。

　　当听伊莎贝拉说他去了希腊时，我就明白了。他对这个主题相当感兴趣，计划一定要把它写进新书里。克里斯多夫向我解释说，古代的葬礼仪式正在快速消亡，只有希腊乡村的一些地区还保留着这种传统，比如位于伯罗奔尼撒南部的马尼。在马尼，每个村子里都有几名职业送葬者，他们有时也被叫作"哭丧人"或"哀悼者"，也就是葬礼上唱哀歌的女人。吸引克里斯多夫的正是悲伤的这种外在表现形式——唱哀歌的不是痛失挚爱的死者家属，反而是陌生人。

　　"其实这差不多等同于一次'灵魂出窍'的体验。"克里斯多夫说，"假如你是死者的亲属，哭丧人的作用就是代替你去服这场'唱哀歌'的奴役。葬礼上，所有压力都放在你一个人身上，观众都希望看到你在人前放声大哭。试想，你是一个寡妇，正为丈夫举行葬礼，大家都在期待一场表演。然而，悲伤的本质其实是与这种要求相矛盾的。人们常说，当你感到悲伤时，当你经历了惨痛的失去悲痛欲绝时，你是哭不出来的。"

"所以，你可以买件乐器，或者用录音机和磁带来替你表达悲痛。这样，只需按下播放键，即使你不在现场，仪式也能进行。这样，你便能躲开人群，不再被人打扰。这显然是种文明的安排，当然，经济原因也是其中的关键，金钱交易使这种形式变得精简了。希腊号称'文明的发源地'，所以'哭丧'这种习俗起源于希腊，简直是一个伟大创举。"某次，克里斯多夫半玩笑半认真地跟我说了上述那些话。

我记得，说这番话时，他在笑。那一瞬间我很震惊。站在我面前的男人似乎分裂成两面。一方面，他从未失去过什么，妻子、情人、父母，甚至连宠物都在他身边。我知道，事实确实如此，我了解他的过去。但同时，在他身上，我似乎看到了另外一个男人的影子，那个男人失去了至亲，失去了一切，一无所有。那嘲讽的、冷淡的语气泄露了他深藏心底的秘密。

可是，他到底矢去了什么呢？我有点想不通。有一次我问他为什么要写这本书，我相信除了兴趣之外还有别的原因。在我看来，单凭兴趣写书是很难坚持下去的，毕竟这是一件需要长年累月才能完成的工作。当时他没回答，摇头表示拒绝。之后他也没解释过，或许这个问题连他自己都没想通过。去年我们交谈的时候，他经常会提到这本书，为手头上未完成的工作而苦恼，不过他始终不肯透露他写这本书的初衷。

这肯定就是他没能写完这本书的真正原因。克里斯多夫的确有魅力，不过他的魅力来自外表，潇洒帅气的男人总是充满自信。但这不是重点。我想说的是，一段关系就这么自然而然地结束了，即使这段关系里曾经那么美好，但走到最后，这段关系里只剩下两个人——关系中充满猜疑和误解，以及某些不能言说的东西的两个人。换句话说，两人之间总是存在一些意想不到嫌隙，才会导致关系最终破裂。

刚挂了伊莎贝拉的电话，伊万又打了过来。我在雅典机场给他打过电话，不过当时我们只是匆忙讲了两句——当时我正在找司机，机场出口又非常吵，广播里播放着英语和希腊语的通知——而自那天之后，我们还没通过话。英国和希腊倒不存在时差，不过，这趟旅行耗时颇久，我们的时间总是对不上，所以就一直没交流。

　　他问我此趟旅行如何，接着犹豫了半天，才问我有没有见到克里斯多夫。我说克里斯多夫不在这，事实上，他失踪了。他沉默半晌，问道："'他不在'那是什么意思？难道是伊莎贝拉搞错了？"

　　"她怎么会弄错？"我说，"她没弄错，克里斯多夫之前的确在这，不过这会儿好像出去旅游了。我还在等他回来。"

　　伊万再次陷入沉默，这一次比之前沉默更久，最后他问："你要等多久？"

　　我回答说："等待是值得的，不是吗？"

　　他又不说话了，半晌后才说："没错，是值得的，但你一个人在那我不放心。坦白说，我很紧张。"

这句话直接得不像是从他嘴里说出来的，他向来是那种从来不提什么要求的男人。但是他的语气依旧温柔，丝毫没有责怪的意思。

"没什么好紧张的，但是我知道，"我说，"现在这种情况有点尴尬。"

接着，他问："要不我来找你？"

◦----------◦

三个月前，我在过马路的时候遇见了伊万。当时天气寒冷，他突然提议去街角的咖啡店坐坐。现在回想起来，我有几分怀疑，除了天气的原因外，他当时的邀请是否别有用心。"我们都穿少了，谁知道温度突然下降了这么多呢。"他说。他当时说话的语气和现在问我能否来希腊找我的语气一模一样。

不管怎样，那天我欣然答应了他的邀请。我一直很欣赏伊万。他长得帅气而不张扬，外表几乎无可挑剔，单从这点来看，他和克里斯多夫就有很大不同。克里斯多夫自知长相出众，更深知如何去利用长相优势博取好感。直到我们这段婚姻快结束时，我才发现，他深谙"作秀"之道，知道如何才能让自己表现得最出众。长久以来，他的每一个完美的造型、眼神、表情和手势，都是经过精心设计的。他的这份虚荣心真是荒唐可笑，毫不讨喜。

伊万长得比克里斯多夫帅，不过他不会给人留下这样的印象。这位乍一看有点呆板的男人，你得仔细识别后才能发现他有多帅。认识之初我从不觉得他长得出众，直到跟他面对面聊天时才有所察觉。他友好地关心我的近况，问我最近在忙什么。因为我对他很有好感，所以想都没想就敞开心扉，唐突地把我和克里斯多夫分手的事告诉他了。

他是我第一个告知此事的人。当然，这事发生在克里斯多夫跟我做出约定之前。

听到这个消息，他或许有些震惊，但是没表现出来，只说："很可惜，你们向来挺好啊，我很喜欢跟你们夫妻俩相处。"说完他难为情地笑了。

在这件事上，他并不是故意要提到自己，结果没想到，他还是不能置身事外。那句话预示了后来会发生的事，为这件事，他一直心存负罪感。也或许，那天在咖啡馆他便已经预感到了什么。

伊万是一名记者，一开始是克里斯多夫的朋友，他们在大学时就认识了。关于他俩的事，都是伊万后来告诉我的。克里斯多夫从来没跟我说过他们大学时的事，我只知道伊万是他现在的朋友，仅此而已。虽然我知道他们都在剑桥上过学，但我怀疑克里斯多夫早就忘记伊万了，因为他生性健忘。

据伊万回忆，克里斯多夫是大学里的风云人物，是所有人都有所耳闻的那类学生。这个形象与我所了解的克里斯多夫完全一致。伊万谈论克里斯多夫的方式更说明了一切。他就像是在回忆某位他曾在舞台上看到的演员似的，以一个幕后者而非观众的眼光在描述克里斯多夫。这么多年来，伊万一直没变，仍旧是那个低调害羞，甘愿当个配角而不愿站在舞台中间的普通男孩。结果，他却被拉进了克里斯多夫的生活圈子。伊万说，有段时间，克里斯多夫千方百计地接近他，想跟他做朋友。

回忆大学往事时，伊万显得有些犹豫，或许他不想在我面前重提旧事。当时我们刚认识不久，跟我谈论他们曾经的亲密关系确实有点奇怪——仿佛在说他们在我出现之前就互相认识了，他比我了解年轻时的克里斯多夫。

我说："有趣，我真好奇。我不介意听到他的事，不管是现在的还是过去的。"

伊万说他在学校里并不起眼，没有显赫的家庭背景，不是富二代，外表平平，没有个性又不够幽默。然而，这样平凡的他却强烈吸引了克里斯多夫。克里斯多夫怀抱着一种大学生才会持有的热情执着地追逐伊万的友谊。他们之间的感情，不仅是在男人之间，甚至在女人中都是难能可贵的。或许是因为，克里斯多夫觉察到伊万身上有一种令他佩服但自己又永远无法拥有的特质，那就是，伊万对他所展示出来的个人魅力完全漠视。

伊万简短地讲述着他和克里斯多夫之间的短暂友谊，可我却越听越觉得难受，光是想象着这两个男人在一起的场景就令我反感不已。克里斯多夫极力表现自己，使出浑身解数接近伊万，伊万呢，莫名其妙地被人讨好，面对克里斯多夫的殷勤，既不拒绝也不接受。

伊万感觉到了我的不悦，我还是无法接受两个男人之间的暧昧。

"这件事不提也罢，"他突然说道，"后来我们就疏远了。克里斯多夫放弃了这段关系，我似乎只是他人生中的一个过客。"

不过，多年后，当他们再次相遇，这段关系又重新建立起来。那一次，我也在场。也是偶遇，只不过是在聚会上，而不是在街上。那次聚会有很多人，他们只匆匆打了个招呼。克里斯多夫认识的朋友很多，伊万不过是其中一个熟人而已。不过，打从第一眼见到伊万，我就喜欢上他了。他简单的处事风格，对周围的事，尤其是对"万人迷"克里斯多夫冷漠的态度深深地吸引了我。

事实上，他并不是一个冷血的人。他对克里斯多夫的感情更多的是害怕而非冷漠。不仅是因为过去的事，还因为克里斯多夫本身就不是一个值得信赖的朋友，这一点伊万也发现了。

有一次我问他："从什么时候起，你觉得我们会在这场命运的'安排'下走到一起的？"我特意用了"安排"这个词，以此来暗示我们之间的关系是一件麻烦事。

他立刻回答说："第一秒，从一开始，或者说至少我是这么希望的。"

伊万以惊人的速度采取行动。我和他在街头偶遇时，我还住在原来的公寓里，不可能那么快开始一段新恋情。那时克里斯多夫还没搬走，不过他很少回家。房间里堆满了我们两个人的东西，床单也很少换。我虽然不算老，但也不是年轻姑娘了，像立刻搬去和情人同居那种年轻女孩才做得出的事我已经不会做了。

我们刚确立关系时，伊万就叫我从原来的公寓里搬出来，实施他所谓的"真实场景"。搬出去肯定方便多了。听他说这话，我突然想起某个朋友在饭桌上发表过的犀利观点：女人就像猴子，抓住了新的树枝，才会放开手里的。

说这番话的人是克里斯多夫的一个朋友，后来也成了我的朋友。当时克里斯多夫就坐在我旁边，他和他的妻子坐在我们对面。他说这句话时若有所指地看了克里斯多夫一眼。他或许不知道，饭桌上的两个女人，我和他妻子，都听出了他言语中对女人赤裸裸的嘲讽。

当然，或许他并不在乎我们的感受，只是想说给克里斯多夫听。因为当时我就坐在他对面，从那个视角看过去，他挂在嘴边的冷笑和嘴角上翘的弧度都把这种情绪传达得特别明显。或许他并不是在抱怨自己的处境，也不是在暗示他们的夫妻关系，因为他说这番话时，他的妻子就镇定自若地坐在旁边，还时不时地玩弄着桌布和餐具。

但凡事皆有可能。真相也许是，他们在错误的时间认识了对方，虽然她已经爱上了别的男人，但她不愿离开身边这个男人，除非之前那位爱人能给她承诺和保护——没错，从我们认识这个女人那天起，她就一直没工作。她总爱打扮得花枝招展，上哪弄发型、做指甲这种事问她她准知道。她就是那类女人。没错，有时这些花边新闻没啥用处，但有时，正是这些无关紧要的细碎线索帮助我们看清了真相。

这样猜测朋友的婚姻并不是一件乐事，可一旦开始不自觉地胡乱想象，就顾不上礼貌了。或许，结婚多年后，妻子的警告成了争吵的根源。有些人永远也不肯原谅对方的一丁点错误，不管事情过去了多长时间。他们结婚前可能签过协议：婚姻中，如果妻子总是三心二意，妻子必须补偿丈夫所受的羞辱。

尽管如此，我还是站在妻子这边。无论事实如何，嫁给这种当着自己妻子和其他女人的面把女人说得如此不堪的男人就是不幸！每个女人听了这话都要产生怀疑，男人们是不是总在背后这样胡乱批评女人。

自那以后，我就尽量躲着那个男人。每次克里斯多夫说要聚餐，叫我参加他们公司的周末活动时，我就找借口逃掉，直到克里斯多夫终于接受我不想再和这对夫妻做朋友这件事。至少他是这么想的，我也懒得解释。其实，最开始我只是讨厌他朋友一个人，可渐渐地，对他朋友的妻子也失去了好感，跟她在一起时我总觉得不自在。

几年后，再想起那句话——女人就像猴子，抓住了新的树枝，才会放开手里的，我还是无法释怀。跟伊万交往后，我又想起这句话来。我知道，从某种程度上说，现在我不能再以情况复杂为借口逃避了——虽然情况确实复杂。从法律意义上来说，我仍是克里斯多夫的妻子，我们还没正式办理离婚手续，甚至还没有公开分手的消息。我还住在旧公寓里，克里斯多夫却不知所踪。起初他寄宿在朋友家，后来又搬到他母亲闲置的一间公寓里（那间房本来在出租，现在刚好空出来了，克里斯多夫就骗伊莎贝拉说他要把那里改造成办公室）——而这句话也并非任何时候都适用。

　　不，从某种意义上说，人必须要前行。要么去解开眼前的局面，要么就得学会在复杂的境遇中生存。当然，更常见的解决方法是后者。

　　人越长大，生活就变得越棘手，等到老年时，许多事又会迎刃而解。男人对生活的适应能力更强，他们会逼迫自己迎难而上，所以通常来说，男人离婚后才会再婚——他们这么做仅仅是基于社会经验，并非出于羞耻的缘故。女人则不同。女人会经常地进行自我反省，她们一生都被要求这么做，也特别善于自省。然而，我对伊万的感觉跟对过去的（也是现任的）丈夫的感情是完全不同的。我放不下伊万。

　　我和克里斯多夫分居不到三个月，我就住进了伊万的公寓。伊万在做记者，凭借这份工作，他过着安逸却并不奢华的生活。他的东西没有克里斯多夫那么多，但都是生活必需品，更具实用性。我把自己的东西搬进他家，居然没有一点紧张感。我们住在一起，经常在一间房里工作，一起吃饭，同床共寝。这间公寓比我和克里斯多夫住的公寓小，不过我们两个人住已足够了。空间太大反而显得不协调。

没过多久，伊万就开始劝我离婚，或者至少让克里斯多夫知道我已经搬出来了。至今为止克里斯多夫还不知道这事。起初，伊万犹豫着要不要开口，他似乎还不确定自己有哪些权利——一段爱情的发展，无论是好是坏，总是被当成权利的累积或失去。然而，随着我们交往的深入，而今我已住进他家，他就不得不明确地告诉我，我已经让他的处境变得十分尴尬了，他想知道我究竟把他放在何种位置。

　　这个要求并不过分。按理说，我应该亲口告诉克里斯多夫我已经搬离公寓，这很重要。可是，要是事情被别人知道了怎么办？邮筒里堆积的信怎么办？这些都是简单又实际的问题。为什么我不能给克里斯多夫打个电话，直接说明这一切呢？这个消息不可能打击到他。难道我在顾虑克里斯多夫和伊万之前的关系？还是因为尽管我和其他男人（他的朋友）同居了，我也应该继续遵守我们之间那个"不对任何人说"的承诺？

　　显然，我不能让伊万发现我的犹豫。这种犹豫不决是致命的，它很可能让我和伊万之间的关系变得像我之前讨厌的那对夫妻之间的关系那样糟糕。我跟伊万说我会找克里斯多夫说清楚，不过，到底要跟他说些什么，这一点我们却从未细谈过。他并没有要我马上离婚，或许是觉得这个要求有点过分。无论如何，叫女人跟现任丈夫离婚这种话是难以启齿的。通常，女人为了和爱的人在一起，会自己做出选择的。

可是，我在格罗妮美那待的时间越长，就越不想面对克里斯多夫。我肯定是爱伊万的，但是我越发意识到，关于离婚这件事，我希望依靠理智而非凭借冲动去解决。这样的想法，连我自身都很难接受，更何况是远方那位急不可耐的爱人呢？

这大概是因为年龄的缘故，你不能说自己这么做是因为爱情，因为到了这个年龄，你对爱情早就没了那么大的热情，内心更多地会听从理智做决定。

理智告诉我，婚后不能跟别的男人同居，至少不能长期这样。内心听从理智做决定，可我放弃了婚姻但还没有离婚，跟克里斯多夫分手了，却没有完全摆脱他，继续处在这种犹豫不决的处境里就是最不理智的。我越快解决这个问题越好，不能夹在两个男人相反的期待中摇摆不定。我对自己说，一定要尽快找到克里斯多夫，就算不是为他，也是为我自己。

"不如我来找你？"伊万再次问道。

"我觉得不用。"我说。

我回答的语气里充满反感和敌意，我担心这会激怒他。我不想缓解他的焦虑，却又不想让他过分担心，他的猜疑对我俩来说没有任何好处。于是我继续说："我不希望你蹚这浑水，这对任何人来说都不公平……"我还想继续说，却被他打断了："当然，你说得没错。但是，我想你。"

"我也想你。"我说。

我们又聊了一会儿。我告诉他酒店的情况，还提到了玛丽亚。他认为克里斯多夫只是想跟玛丽亚玩玩。

"这是克里斯多夫的一贯作风，"他说，"他这个人坏透了，手段倒很——'高明'。"

"高明"这个词明显是带引号的。说到这，我们都笑了，这感觉就好像我俩在一起吐槽某个共同认识的朋友。从某些方面来看，也确实是这样。

挂电话前，我又嘱咐他不用担心，说克里斯多夫肯定会同意离婚的。毕竟,上次在电话里他表现得很冷漠。很多时候,他都是急匆匆地挂了电话,像是急着赶去哪似的。

"现在的情况确实有些尴尬,不过马上就结束了。"我继续说,"等克旦斯多夫回来,我就提出离婚,那时一切就结束了,剩下不过是一些纸上的协议而已。"

这是我第一次说出"离婚"这个词,隔着电话我都能感受到伊万的激动情绪。

"那样的话,"伊万似乎在极力克制自己激动的心情,故意放低声音,"我真希望他快点回来。"

4 消失的爱人

我又想到克里斯多夫。几天前,他或许也来过这儿,我甚至在这间屋子里感受到了他的存在。他就和我坐在同一位置,与他们面对面坐着,像我现在这样盯着他们。不过,我不知道他们说了些什么,他会问什么问题。每次,我对他的了解总会回到一片空白。

◆

那天下午晚些时候，我叫了辆出租车，想去内陆的一个小村庄看看。我猜克里斯多夫也曾去那里逛过，不然他就只能待在露台上或泡在泳池里，要不就无聊地耗在房间里虚度时光了。

我对科斯塔斯说想在周边逛逛，他却说这儿根本没有值得一看的景点。我说不可能，明明在我身后就是绵延数英里的村庄。最后，他才不情愿地说，附近有座教堂。他说那座教堂里本来有许多精美的壁画，可惜后来在内战时被破坏了。

我说这听起来还挺有意思的，他听我这么一说，态度马上转变了，使劲在旅游手册和宣传单上找其他可能会吸引我的地方。他说附近有很多适合短途旅游的地方，还说可以帮我在海边某个村庄的一家餐厅订个座位。

"那个村子比格罗妮美那大，里头有酒吧，还有夜总会。"他解释道。"或者，"他又建议道，"你可以租一艘船，来一次小岛之旅，尽情观赏美丽的海滩。"

我说我还是想去教堂，餐厅和小岛可以改天再去。他犹

犹豫豫，老大不情愿。我说我只想出去透透气，换换环境，不需要非得看那些多震撼人心的景观。听我这么说，他只得无奈地耸耸肩，同时打电话到出租车公司为我叫了一辆车。挂上电话，他还不忘再次警告我："那座教堂一点儿看头都没有，就是一座普通的当地小教堂，而且已经破败不堪。别的游客来这儿都是为了看海、去沙滩玩、欣赏风景，谁也不会去看那个破教堂。"

汽车刚出村子，外面就开始下雨。司机告诉我他叫斯特凡诺，我问："你认识科斯塔斯和玛丽亚吗？"

"认识，"他说，"我们是一起长大的，从小就认识。尤其是玛丽亚，她就像我的妹妹一样。"我说这个村子不大，他点点头说："是的，这里的人都互相认识，几乎没有人离开过。"

"难道没有人搬进城市吗，比如雅典？"

他摇头道："在雅典很难找到工作，今年那儿的失业率又创了新高。"

之后我俩都不再说话了。我默默看着车窗外，大火过后，目之所及，一片漆黑。汽车开上了山，离海滩越来越远。山上的植被变成了烧焦的炭堆，荒凉得好似月球表面。一排排奇怪形状的植被在地上伸展，有些地方还冒着浓烟和蒸汽。

"一周前这场火才熄灭，"斯特凡诺说，"他们最近才把火扑灭，大火在这连续烧了好几个月。"

我问他这次火灾是怎么发生的，他说是有人蓄意纵火。我没插话，等着他继续往下说。

"有两个农民因为牲口闹矛盾，一个说另一个偷了他家牲口。牲口到处乱跑，谁能知道哪个牲口是哪家的？不过是一只羊走错了地儿，也犯不着为这种小事报复别人。不过农民们不会这么想。他们疯狂地抗议，从一个人到一群人，事情愈演愈烈。他们开始互偷牲口，但这还只是报复行动的开始。后来这些人的家人、朋友、整个家族，乃至朋友的朋友都掺和了进来。结果，突然有一天，整个乡村就着起了大火。"

"多荒唐的事，"他继续说，"不得不说，那只走丢的牲口，不管是山羊、绵羊还是奶牛，这完全是和火灾八竿子打不着的事。"

"但是事情没那么简单，"他解释道，"这就是一起'现代族仇案'。牲口事件和火灾每年都在循环发生，火灾过后，又恢复原样。到了春天，没准又有什么新的矛盾出来。说到底都是一样的，这是个打斗成瘾的地方。"

"尤其在马尼，"他说，"打架的传统是出了名的。这儿的人被叫作'马尼蛮子'。他们的独立自主是出了名的，但是谁也没看出'独立'的好处在哪。你看，这儿多荒凉，除了石头什么都没有，这里成了'石头博物馆'了。我们为自由和土地而战，到头来却只换来这么一堆烂石头。"

o - - - - - - - - - - o

斯特凡诺把车开进一条单行道，这附近的植被还没被烧成灰烬，不过都被烤枯了。小路两边的仙人掌耷拉着，枝干向前弯曲，边缘被烧焦了，空气中传来一股股恶臭。

"土地在腐烂，"斯特凡诺说，"整个夏天都是这种味道。海边上、酒店那边还好，臭味都被海风吹到海上了。但越往内陆走气味越难闻，一天比一天严重。夏天最热时，味道最恶心，简直叫人无法呼吸。"

正说着，一座石头小教堂出现在视线内。教堂周围空荡荡的，放眼望去一片废墟。我们慢慢走向教堂，一路上，只见枯黄的草堆里扔着一些生锈的瘪罐子，以及各种各样的残骸。教堂的石墙上布满涂鸦，我认出几个大的希腊字母"lambda""phi""epsilon"①。我一边念着，一边尝试着将它们翻译成法语。木门上刻的符号更多。这里破败不堪，似乎没有人打理，很难想象会有人在这里举办集会。

斯特凡诺拧熄引擎，耸耸肩，阴沉着脸说："就这样，没什么值得看的。"

"这教堂还在使用吗？"我问。

"在，"他有点吃惊地回答，"当然。"

我打开车门，准备下车。此时外面正下着毛毛细雨，雨落到地上立刻就被土地吸收了。

斯特凡诺问："后备厢里有把伞，你需要吗？"

"不用了，这雨不冷，挺舒服的。"

他耸耸肩，下了车。我跟着他来到教堂门口。双开的大门没上锁，他一拉，门就开了。他往后退了一步，朝黑漆漆

---

① "lambda""phi""epsilon"都是希腊字母。

的教堂里指了指，示意我进去。然后他从口袋里掏出一盒烟，说："我在外面等你。"

我打开灯——教堂里只有一盏电灯，打开后还不停地发出滋滋的响声——可灯光几乎照不到里面。进去待了一会儿，我的眼睛渐渐适应了黑暗。这里的确很简陋，只有几排木椅，一个简单的祭坛和一个圣物箱。教堂是拜占庭式的，大约建于公元十二世纪或十三世纪。三面墙上都绘有巨幅壁画，画中人的脸都被擦掉了，看上去十分诡异。还有一排没有眼睛和脸的圣徒像，不知是出自谁人之手。

教堂里面墙壁上的字母更多，似乎不是毁坏教堂外部的那个人或那群人所为。壁画使用的是另外一种颜色，虽然教堂里很黑，但还是看得出壁画的颜色比教堂外墙的颜色淡。此外，里墙上这些乱七八糟的字母也与教堂外墙壁上的字母不同。

斯特凡诺站在门口抽烟，我叫他进来帮我解读这些字母。他用脚踩熄烟头，最后还不忘弯腰把烟头捡起来。

他走进来，在壁画前飞快地画了个十字。"这是内战的产物。"他上前抚摸墙壁，"其中的一方毁了圣像。"他又冷笑道："你看，这上面还写着他们的宣传标语呢。你看到的不是完整的字母，有些被覆盖了，大意就是宣传自下而上的统一战线。"

他指着那排被遮住了很大一部分的字母。原来这些字母并不是某个人或某些人一次性写上去的，而是不同的人在不同时期留下的。最初的字母已经残缺不全，大部分都被后来的字母覆盖了。斯特凡诺指着后来加上去的那些字母，说道："军队到来后，他们将原来的标语覆盖，重新写下了自己的标语——'雅典即希腊'。不过，如你所见，他们做事非常草率，没有彻底清除原来的标语，所以有些最初的字母痕迹还隐约可见，如'Uni''Elow'。但若把之前的字母和后来新加的字母连起来读就很难读通，像'Uni Athens Is Greece Elow'，这句话没有任何意义。"

"他们认为光覆盖原来的字还不够，"他继续说，"还要把自己的标语刻在石头上。不过他们没完成这项工程。"我留意了一下石头表面，没错，上头只有几个字母。这几个字母只有几英寸高，比下面的字母小得多，都是被人胡乱刻上的，毕竟在石头上刻字要困难得多。而且这些石刻文字戛然而止，好像他们的工作突然被打断了，当然也可能是他们突然意识到自己正在做的这件事根本毫无意义，主动停止了工作。

"太棒了！"我说，"这就是记录战争的活化石。"

他耸耸肩道："这座教堂的历史比政治争论早几百年，要是在别的城市，政府肯定会派人来清理，拨发资金进行保护和修复，但这里呢？"

我赞同地点头。他停下来，等待我继续发问。见我不再说话，他便转身走出教堂。我不想让斯特凡诺等太久，又逗留了几分钟就出去了。我看见他又点了根烟抽起来，看起来他倒不介意多等一会儿，反正出租车的计费器还转着呢。教堂里很凉爽，让人暂时逃离了干燥闷热的天气。我在没脸的圣徒像前驻足，这类画像我还是第一次见。回到车内，我叫斯特凡诺再推荐点别的地方，我说我还有一下午的时间，还想去其他地方逛逛。

"去波尔图·斯泰尔奈斯吧，离这里不远，沿半岛往南开一会儿就到了。那儿的海滩上有些不错的名胜古迹，那里也有一座教堂。有人说'地狱入口'就在那儿的一个洞穴里，游客们都爱去看。其实那就是一个普通洞穴，可能比一般洞穴稍微大点，可说到底就是一个洞穴。"

我回答说："我喜欢探索和神话有关的地方，不过这回就算了，如果时间充裕的话，我会考虑。"

"你为什么来马尼呢？"斯特凡诺问。

这是一个很正常的问题，可我却不知如何回答。来度假？来放松？给自己放风？还是我一直想来希腊？还没等我考虑好怎么说，他继续说道："大多数来这里的人都不会离开酒店，他们可能会去海滩或某个小岛，反正不会对内陆感兴趣。"

正说着，车已开进内陆，正经过一个村庄。马路两边矗立着单层小楼房，是由混凝土建成的，并非是石头建造的，毫无特色。这儿确实没啥看头。狗在街道上窜来窜去，房前的院子用金属丝做的篱笆围着，有些篱笆桩上的金属丝已经散开了。房外摆着几张塑料椅，经过太阳曝晒后变得又弯又黄。这里和格罗妮美那有天壤之别。格罗妮美那是个风景如画的小村庄，可是这里……不过不管怎样，这却是斯特凡诺、玛丽亚和科斯塔斯的家乡。

斯特凡诺盯着后视镜里的我，再次提出刚才的问题："你为什么来马尼？"有那么极短暂的一瞬，我差点没忍住说了实话。我想找个人分享我的心境，也许那样我会感觉稍微轻松一点。至于我为什么来这，会在这待多久，我自己都还拿不准。这个陌生人虽然不是特别热心，但也不算太冷漠，那么为什么不对他说实话呢？说不定，他曾在某时某刻载过克里斯多夫，甚至还知道他的去向呢。但是，最终我还是守口如瓶，而鬼使神差地，我竟回答说我正在写一本有关哀悼的书。

这回答听上去虚假得好似一篇微型科幻小说，但如果他曾载过克里斯多夫，就一定知道我在撒谎。怎么可能那么凑巧，两位游客都在写关于哀悼的书呢？不过出乎我的意料，这个回答好像并没有令他产生怀疑，反倒勾起了他的兴趣，他竟高兴起来。他说："你的目的跟其他人不同，不过很特别，很有趣，比那些来海滩玩的游客有意思多了。"

"你是在找哭丧人吗？"他问。

"是的。"接下来我就不知道该说什么了，好在他继续说道："你听过他们哭丧吗？那场面特别震撼，特别感人。"

"没有，"我答道，"没听过，只听过录音。"我想不通为什么要继续这个毫无意义的谎言，心里祈祷他别继续聊录音的事，或追问我是在哪买的录音带。说不定哭丧人是不许别人进行录音的，要真是那样的话，我就露馅了。

我想转移话题，谁知他不依不饶地继续说道："其实，我姑婆就是一位小有名气的哭丧人，是本地最好的哭丧人。有时，她会去很远的地方工作，即使那里有本地的哭丧人，但人家也还是非要请她去。可惜你来得不是时候，最近村子里没有人死呢。"他这句话说得自然而然，毫无违和感。也是，他不过是实话实说罢了。

"如果你早一个月来就赶上了，前一阵火葬了好几个人，整个村里都是哭号声。姑婆和她朋友接连参加葬礼，全程唱悲歌，那哀号声简直响彻云霄。"他补充道。

"确实挺遗憾的。"话一出口，我都快被自己蠢哭了。

不过他没在意，突然说道："这是一种死亡仪式。可现在的年轻人不愿干这行，这个行业在马尼以外的很多地方都消失了。"他认为这个行业的消失是一种莫大的耻辱。"我不是个固守传统的人，但是瞧瞧现在那些年轻女孩，她们一个个都梦想当明星，上电视，穿得跟站街女似的，还怪别人看不起她们。"说着，他陷入沉默，显然意有所指。

"不管怎么说．你的朋友玛丽亚不是，她看上去是个懂事的姑娘。"我说。

他本来还沉默不语，可一听到这个名字，脸上突然放光，但又迅速黯淡下去，说话也明显结巴了。

"嗯。"过了一会儿他才说，"她呢，又太懂事了。她是个很务实的女孩，这是一大优点，但有时也是缺点。"

"她不容易上当受骗吧。"我说。

他点点头，道："没错。她有时缺少耐心，这也是她的做事风格，但她不会隐藏什么，也不会上当受骗。"他骄傲地说完这番话，那语气像在自夸似的。

"这样的女孩想要什么呢？"我问，"她在期望什么呢？（难道不是我的丈夫吗？）"

"她想得到什么？"他重复道。

"结婚生子？住进豪宅？"

他激动地反驳道："不可能。哪有这么庸俗的女人？玛丽亚就更不可能了．我知道她是有梦想的，不过她的梦想不一定是在国家电视台上抛头露面，可能就算她的梦想仅仅是逃离这里并且还没有开始具体实施，但在我看来，她仍是一个有梦想的女人。"

斯特凡诺肯定知道些什么，他的脸色明显变差了，整个人显得心神不宁。我应该对他表示同情，可我觉得我和他同病相怜，因此反倒一点儿也不觉得他可怜了。我不知道玛丽亚和克里斯多夫之间发生了什么，也不知道玛丽亚和斯特凡诺在密谋什么，但是斯特凡诺让我感到亲切——如果"亲切"这个词还算贴切的话——尽管这种亲切感十分有限。没错，我们俩之间毫无瓜葛，除了我们都在某种假想的意义上遭受了爱人的背叛。

不过这也只是我的猜测而已，就算猜对了，我们也只能接受这种背叛——我们无权拥有他们，或者说我们拥有的爱人都是不完整的。斯特凡诺没有正式拥有玛丽亚，但他拥有对玛丽亚的满腔爱意；我对克里斯多夫有法律上的所有权，却失去了爱情的主权。所以，当我们俩聚在一起时，说不定就有权表达自己愤怒和嫉妒了。然而，我们却都在隐藏自己的感受。

我的感觉变得越来越不确定了。因为我和克里斯多夫的婚姻已经成为过去式，我所了解的他——不管是现在的他还是过去的他——对我来说都是一种潜在的困扰，或多或少地总是让我陷入痛苦。但有时甚至又会突然对我毫无影响。这大概就是两个人从亲密爱人变成陌路人的必经心路吧。恐怕最后，连恐惧和反感都没了，只剩下熟视无睹的冷漠。那时就算偶然在街上相遇，就像是看到了一张老照片一样，只觉得那个人似曾相识，却已记不起有关他的任何事。

至于斯特凡诺，谁知道他的爱情会渐渐归于平淡，还是会变得更加坚定不移呢？最后，他会娶别的女孩，却对旧爱念念不忘吗？没错，他英俊帅气，身边一定不缺女孩。人是能在无尽的失望中活下去的，很多人终其一生都不能和所爱之人相守，更别提过上什么理想生活了。也有的人，在失望中找到了新的追求，然后又莫名其妙地再次陷入失望。

斯特凡诺紧抿嘴唇，盯着前面的路。我在后面观察他，他不像是活在失望中的人。虽说爱上一个不爱自己的人很辛苦，成功的希望很渺茫，但他知道自己想要什么，也知道那并非遥不可及。可惜，要让有些人明白，适合他们的其实正是那些看似对他们无用的人，这并不容易。

o ----------- o

　　刚到酒店，外面就下起了雨。斯特凡诺犹豫了片刻才将车熄火。他问我想不想跟他姑婆见一面，又补充道："她不会当着你的面哭，你叫她哭她反而哭不出来。"他说："这似乎有点儿说不通，你可能以为这就是她们的工作，但事实确实如此。不过，你可以跟她聊聊，采访……对，采访她。"他结结巴巴地重复"采访"这个词，好像在说外语似的。

　　我找不到推托的借口，只好接受他的邀请，毕竟我刚对他说我是来马尼研究哀悼仪式的。试想一下，如果是克里斯多夫肯定会毫不犹豫地答应他的邀请，而且会表现得十分热情。说不定，克里斯多夫早已去过了。如果斯特凡诺的姑婆真的是本地有名的哭丧人，他怎会不登门拜访呢？没准他已经跟她分享了自己在做的研究和旅行计划，甚至还聊到这地方的神秘之处呢。

　　斯特凡诺看了看手表，说："这会儿姑婆应该在家，大概已经起床了。她年纪大了，必须要午睡。如果你有空的话，我就陪你走一趟，去她那喝杯咖啡。"

"行。"我爽快地接受了邀请。

我坐进车的后座，他则拿出手机拨打电话。没说两句就挂了，他听起来有点激动。他可能是个孝顺母亲的儿子，还是个关心家人的好男人。

"好了，"他说，"我说你是我朋友，她很乐意见你。我们待会儿再解释书的事。"他边发动引擎边补充道："姑婆家离这儿不远，往内陆开十英里就到了。我们沿来时的路往回走就行了。"

这会儿他很健谈，似乎迫切想要介绍我和他姑婆认识。我答应了他的邀请，他感到非常高兴。他太过热情了，让人觉得虚伪。我又开始怀疑，他也曾带克里斯多夫去见他姑婆，可能当时还说过一模一样的话："她很乐意见你，她家离这儿不远。"

我们很快进入另一个村子，这个村庄跟刚才路过的村庄很像，都只有一条单向车道，车道两边是清一色的小平房。汽车在一座小白房前停下，一下车就看见院子里晾了一排衣服，门边放着几盆塑料花。这幢房子虽然看上去有些破旧，但显然有人在精心打理。沿着台阶往上走，这样的感觉依然强烈。斯特凡诺先敲了敲门，然后推开门走进去，这会儿的他看起来就像个刚刚放学回家的学生。他喊了两声"姑婆"，立刻就有人应声出来了。

姑婆面带微笑地出来迎接我们，接着抱歉地摇摇头。斯特凡诺解释说她不懂英语。她又招呼我们到厨房去，拉出一张椅子叫我坐下。她一直面带笑容，就好像常年都心情愉快。

"雀巢吗？"她问。我听懂了这个词，点点头。

接着，我们三人围坐在富美家桌子边（桌上铺着樱桃和草莓图案的亮色塑料桌布，颜色太艳，但便于清理），上面放了三杯略苦的低浓度速溶咖啡。

"你在这个村子住了多少年？"我问，然后等斯特凡诺翻译给她。

"从生下来就住在这。"斯特凡诺又把她的话翻译成英文。

我点点头。

整个聊天过程比我想象的慢得多。斯特凡诺负责翻译和传话。其实，我更习惯于做他的工作——翻译和理解。不过我发现我也并不是特别介意，因为这种奇特的谈话方式，已在不知不觉间化解了谈话的尴尬气氛。这一点儿都不像一场陌生人之间的对话．因为姑婆一直在对着斯特凡诺说话，她的目光在我们俩之间来回穿梭。

我观察着斯特凡诺和他姑婆，试图找出他们身上源自家族遗传的某些共同特点——他们眼睛处的皱纹和下巴的弧度是一样的。

我又想到克里斯多夫。几天前，他或许也来过这儿，我甚至在这间屋子里感受到了他的存在。他就和我坐在同一位置，与他们面对面坐着，像我现在这样盯着他们。不过，我不知道他们说了些什么，他会问什么问题。每次，我对他的了解总会回到一片空白。

好几次我都想问她是否见过克里斯多夫，可话到嘴边还是忍住了，我不知道该怎么开口。过了会儿我问起火灾的事，问她知不知道肇事者是谁。她大笑，全身都跟着抖动起来。她个子虽小，但身体一点儿也不瘦弱，就像混凝土那般结实。她穿了件织花裙。不知是因为性格还是因为年龄，她的长相带有几分中性的感觉。

"这儿的人她都认识。"斯特凡诺说，"纵火案的肇事者是几个小孩，虽然他们是男人，但本质上就是孩子。"

斯特凡诺向我转述时，她不住地点头微笑，好像能听懂英语似的。

"你要问哭丧的事吗？"斯特凡诺侧过来小声问。

我愣了一下，差点忘记此行的目的，便问："您做哭丧人多久了？"我立刻意识到这是个毫无意义的问题。我仿佛看到了斯特凡诺怪罪的眼神，这个问题的确不太礼貌。克里斯多夫肯定能提出更好的问题。

不过，斯特凡诺还是立刻转述了我的问题和他姑婆的回答："我的母亲是哭丧人，姑婆也是，这是家族传统，我有这个能力，自然也成了哭丧人。"

"您什么时候发现自己能干这一行呢？"

"很小的时候。就像我说的，我母亲和姑婆都是哭丧人，她们常一起唱丧歌。记得小时候，我经常和死者的家属坐在一块，看她们在葬礼上表演，痛哭流涕。她们非常出名，常常一起表演，所以我从很小的时候就开始学唱歌了。起先，她们教我唱歌，再教我如何带着悲伤的情绪去唱丧歌。"

"她们在您小时候就开始教您了？"

"小孩也有伤心的时候。起初，当我还是小姑娘时，我会回忆听过的悲伤故事，联想战死沙场的战士，以及在家中等他们回来的家人和妻子。等我长大后，我就回忆自己的经历，这样更容易哭出来。我的父母、兄弟、丈夫先后离开了我，所以说，我的人生中不乏悲伤的回忆。"

"所以您在哭丧的时候会回想个人的痛苦经历？"

"嗯。哀歌是永恒不变的，它们在讲述故事，但是要投入其中，有感而发，我就要回想自己的经历。如果没有真情实感是很难哭出来的，这就是为什么年纪越大做得越好的原因。年轻时我们都没有亲身经历过死亡和失去，你唱的哀歌就会缺乏真实的情感。要为别人哀悼，首先你的心中要有足够的悲伤情绪，而不仅仅只有你自己。"

她说这番话时眨了眨眼，淡淡地笑了，就像在讲笑话。然后她清了清嗓子，看着斯特凡诺，像是在等他问下一个问题。

"你觉得她会愿意唱一段给我听吗？"

他在犹豫，毕竟他之前说过这不太可能。不过他还是转达了我的请求。姑婆停下来理了理裙子的褶边，清了清嗓子，然后开口唱了起来。她先练了练声，她的声音低沉沙哑，就像在适应嗓音的重量。她举起一只手，口中发出一串没有音符的调子，渐渐地，她好像在空中找到了一根线。她的手紧握着，像是在拉扯那根线。

很快，整间屋子里都回荡着她的歌声。事实上，她的歌声并不优美，沉重压抑，就像马尼随处可见的岩石一样。音符一个接一个地从她嘴里蹦出来，越来越多，这间屋子很快就被不和谐的声音填满了。她提高音量继续唱，屋里的东西也跟着震动，厨房也因为这声音发生了变化。她闭上眼睛，开始拍打桌面，身体跟着拍子前后晃动，手上不停地打着节拍。

她的音调提高了一到两个八度，开始痛哭，我越听越感震惊不已。她眼睛微张，头向后仰，泪水在眼眶里打着转，好久才缓缓流下。她停下来深吸一口气再继续，仿佛已魂游象外。现在，她张开眼睛，发泄出悲伤的情绪，泪流满面。

我看着斯特凡诺，想让他阻止她。这会儿她看起来很痛苦，但是何必呢？我立刻意识到我在欺骗她：我没有写书，也没有研究哀悼仪式，我不能从她的悲痛中学到任何东西，尽管她的情感如此真实。虽然这只是在我的要求下做的即兴表演，但整件事都是我编的。我终于明白别人为什么会给她报酬了，并不是因为她嗓音好，也不是因为她夸张的情感表现有多震撼，而是因为她愿意代别人承受痛苦。

终于，她停了下来。斯特凡诺递给她纸巾，让她擦眼泪。她喝了杯水，并没有看我，挥手示意她没事。她有点儿难为情，就像当着别人的面出了洋相似的。我也觉得尴尬，又坐了一会儿就起身准备离开。她漫不经心地跟我挥手告别。我不好意思当面给她钱，就留了些钱在门边的桌上。我不知道这么做是否妥当，不过斯特凡诺看见后倒没说什么。外面仍在下雨，我们快速钻进车里离开了。

o - - - - - - - - - - o

回到酒店，我瘫坐在床上。外面下着雨，房间的窗户还开着，头顶的风扇有一搭没一搭地转着。整个下午过后，我只觉身心疲惫。我不擅长说谎，冒充成克里斯多夫，或者说假装对马尼和哀悼仪式感兴趣这些事弄得我疲惫不堪。正因为我撒了谎，所以才会出现在那间屋子和那间厨房里。坐在那张桌子前，眼前的幻觉让我更难受，仿佛我丈夫就坐在那张桌前。我在那感受到的他的存在气息比在酒店房间里感受到的更强烈。

来到这已经三天了，可我根本没见到克里斯多夫。我头一次有了恐慌感。如果他真出事了怎么办？这种时候，我承认我也不清楚自己真正的责任是什么了。克里斯多夫有权躲开我，他去哪儿是他的自由，但是他不声不响地消失这么久，这难道不奇怪吗？

我打电话给前台，要了一份邻村酒店的名单，不过没说明我的用途。这附近的酒店不多，五分钟后科斯塔斯就给我回了电话，把附近酒店的电话号码都告诉了我。

我打遍了所有酒店的电话，然而没有查到任何有关克里斯多夫入住的信息。我怀疑他没有用自己的名字登记。不过，他何必要用假名字登记呢？显然，这个理由也有点儿说不通。挂上电话，我感到茫然无措。或许，我应该直接问问斯特凡诺，他到底有没有载过克里斯多夫，知不知道克里斯多夫去哪儿做研究了。说不定，他还认识克里斯多夫雇佣的司机呢？

过了一会儿，电话响了，是科斯塔斯打来的。他问我有没有别的需要，我说没有。接着他欲言又止地说："昨天有人在特纳罗海角见到克里斯多夫了，那儿离酒店不远。"

我立刻松了口气，随后又感到一阵气恼：我在这里苦苦等他，他却悠闲地观光去了。我问："他说什么时候回来了吗？"

"不知道，他没跟我们任何人说过。"他顿了顿，接着说，"玛丽亚的朋友看到他和一个女人在一起。"

我怔住了。

"她很伤心，一直在哭。"他继续说。

一时间我没反应过来这个"她"指的是谁。

"不好意思，"我问，"谁在哭？"

"玛丽亚，"他说，"她一直在哭，这是场真实的噩梦。"

"哦，"说完之后我又鬼使神差地补充了一句，"真不幸。"

"别担心，"科斯塔斯的语气倒是风轻云淡，"她没事。倒是你，你要租一辆车去找你丈夫吗？"

"不用。"我说。我的脸颊越来越烫，我不想再多说什么，想立刻挂掉电话。

科斯塔斯沉默了，过了会儿才说："当然，如果需要帮忙的话，随时告诉我。"

"我顶多再待一晚。我正在查看航班，估计明天就能回伦敦。"我说。

"嗯，"他说，"希望你在这过得愉快。"

"好的，谢谢。"挂上电话，我立刻打给伊万，告诉他我明天就回伦敦。他什么都没问，只说："好的，我很高兴。"

A

SEPARATION

5 情人关系

　　她盯着他，皱了皱眉。这是一个女人，或者说每个人都可能会遇到的两难问题。她无意间闯进了某个男人的世界，这个男人虽不是她理想的爱人，却像条狗似的对她不离不弃，就算被打、被虐待，也始终在她身边。然而，她费尽心力所爱之人却对她不屑一顾。

◆

　　我不想继续待在房间里，就独自走到海边。虽然海边的风景怡人，但是海滩很贫瘠，属于岩质海滩，就快要变成一片寸草不生的荒凉之地了。我把衣服脱了，留在海滩上，然后一猛子扎进水里。天气虽冷，海水却很暖和。我越游越远，一直游过浮标和悬崖边缘，游到海湾汇入大海的地方。

　　我不常游泳，不过游得比一般人好。海水的冰冷向我袭来，这正是我需要的刺激。在冰冷中我才能保持清醒。游累了我就停下来休息会儿，踩踩水再继续。我的呼吸变得越来越急促，很难恢复正常。接着，我躺在水面上，懒洋洋地盯着头顶的天空。天空并不蓝，泛起了鱼肚白，与悬崖浑然天成地连为一体。我翻了个身，面朝黑蓝色海水，刺眼的阳光晒得我闭上了眼。接着，我才恋恋不舍地掉头往回游。我原本没打算游这么远，也不知道在水里泡了多长时间。

　　回伦敦的计划一再推迟，现在突然决定返回，必须赶紧搞定以下几件事——订机票，打包衣物，给伊莎贝拉打电话。

　　这会儿，我已经无法再停下来休息了，只好一口气游上岸。脚踩在坚硬的岩石上，立刻硌得缩了回来。我游得精疲力竭，大口喘着粗气。

回到岸上，码头上的两个人正在对我喊什么。有个年轻女人解释说："他们说太冷了，现在这个季节不适合游泳。"我说没事，那两个人摇了摇头。

原来他们刚才一直在注意我，还差点找救生艇来救我，结果没想到我是个游泳高手，他们看到我平安无事地回到岸上都惊呆了。他们还说，我中途只停下来呼吸了两次，几乎没休息，比他们厉害多了。我大声向他们表示感谢，他们向我挥了挥手，继续聊天去了。

这番没什么意义的寒暄让我重新打起了精神，这还是我第一次与酒店之外的当地人交流。事实上，他们比我想象中要友好。回酒店的路上，我想起斯特凡诺对那些跟风而来的游客的鄙视。我能想象那些村民会怎么看我，我刚好是他们鄙视的那类游客：外国有钱人——至少相对来说是有钱人，喜欢住豪华酒店而不住民宿（在主公路的另一头，外地人一般都不会选择住那儿）——城里人，观光客。

在一个对游客持有偏见的人眼里，游客的兴趣非常狭隘——喜欢饱经风霜的脸，喜欢当地居民的乡村生活方式。这种偏见带有鄙视的意味，却又无法避免。换作是我，我也会感到愤怒。独处的时候，我会把他们的家园当成游乐的背景，当成明信片或宣传册上美丽、古雅、迷人等词语的写照；或许作为一个游客，我还会为自己的品位和发现美的独到眼光感到自豪。克里斯多夫肯定这样想过：这儿不是摩纳哥，也不是圣特罗佩，却是个超乎想象的更精致的小村庄。

克里斯多夫竟然在这个地方游荡，想到这儿我不禁笑了，这简直难以想象。他有魅力，还有某些随性而至的同情心，但是他又无法设身处地为别人考虑，这也就难怪他会搞出这么一个烂摊子来。我突然感到一阵庆幸，幸好我是来提出离婚的。如果我是千里迢迢跑来找他和解，却发现他正在乡下和别的女人——一个又一个的——逍遥快活，一想到这些，我的眼泪就不自觉地往上涌。

不知不觉已经回到酒店，走到连通码头和露台的石阶前。再吃一顿晚餐就可以离开了，不能再等了，越快离开越好，想到这儿我才觉得心里有些安慰。

经过大厅时，我看见玛丽亚和斯特凡诺站在柜台前。虽然我心中默认他们是一对情侣，不过这还是头一次看到他们站在一起。两人之间似乎发生了争吵。

玛丽亚穿着便服，蓝色牛仔裤搭配衬衫。之前她一直穿着酒店制服，我从未见过她穿便装，果然换了身衣服给人的感觉立刻就不一样了。虽然她和斯特凡诺的长相没变，但给人的感觉和之前完全不同，他们的行为举止跟工作时判若两人，让人感到陌生。工作时，他们彬彬有礼，表现得很拘谨，因为他们知道自己随时在被人注视。

这会儿，他们也受到了注视，毕竟他们就站在玛丽亚工作的地方，酒店的大厅中央。科斯塔斯站在柜台后，在账簿上写些什么，时不时抬起头，一脸嫌弃地看看他们，有时甚至还摇摇头。显然，这两个人争吵的场景他见得多了。不过，他们似乎没有受到环境的影响，说话非常大声，还一边做着手势，有时甚至会大吼大叫。

我就站在门口。科斯塔斯盯着玛丽亚和斯特凡诺，斯特凡诺和玛丽亚怒目相视，他们三人的视线几乎构成了一个几何图形。我的腰间系了条毛巾，阳光还没炽烈到能把衣服立刻烤干；再加上回来的路并不远，所以此刻我的头发和身上的泳衣还是湿的。不过好在，至少拖鞋的印记已经消失了。我尴尬地推开门，走进大厅，好像个无耻的入侵者。我赶紧冲上露台，找把椅子坐下，心想，说不定他们一会儿就散了。

坐下来后，我继续观察他们，虽然这会儿他俩看起来并不亲密，但两个人绝不是普通关系。他们很般配，男才女貌，关键是都正值青春年华。而在这个年纪，一点儿小事都比天大。事实上，斯特凡诺长得比克里斯多夫更帅。克里斯多夫的颜值随着年龄的增长早就开始下降了。这一幕让人联想到他们深情相拥的样子。我猜他们在争吵，此外也看不出别的信息，大概就是情侣之间的小打小闹。

可事实好像并非如此，很快我就发现他们似乎正在探讨某些重要问题。他们之间似乎还没那么亲密，看上去不像正在同居的恋人，也不像曾经住在一起或正打算将来一起同居的恋人。隔着玻璃，我听不清他们在讲什么，至少没讲英语。玻璃上不只映着我的影子，还映着我身后的海水、天空和堆叠的桌椅。透过玻璃看，里面的场景一片模糊。

观看无声电影尤其扫兴，你只能看到演员的嘴巴在一张一合，却听不到任何信息。虽然我听不懂希腊语，也知道我不该偷听他们的私事，也知道他们的谈话内容肯定与我无关，但我还是想知道他们在说什么。我推开门走进大厅，在柜台旁的一把椅子上坐下。

坐在大厅中央的我，腰间系了条毛巾，身上穿着泳衣，显得格外古怪。我以为玛丽亚和斯特凡诺会回头看我，科斯塔斯会跑过来招待我，结果三个人根本没有注意到我，简直把我当空气了。但我根本不能自控，屁股好像黏在了椅子上似的，就是觉得他们讨论的话题可能跟我有关。不可能吗？我猜他们正在为克里斯多夫的事争吵，这是一个非常合理的假设。科斯塔斯说了，玛丽亚正为克里斯多夫有别的女人的事伤心欲绝呢。

玛丽亚正用她那低沉的嗓音对斯特凡诺大吼大叫。果然，他们在讲希腊语，而我只能通过他们的语调和手势猜测他们说了什么。不过整个过程我都看得一清二楚，这会儿我的视角很好。玛丽亚边说边摇头，高扬下巴，瞪着斯特凡诺，好像在发起挑衅似的。我往前挪了挪，怕泳衣上的水浸到坐垫上留下痕迹。玛丽亚和斯特凡诺还是没注意到我，我真后悔没坐到离他们更近一点的地方去。

斯特凡诺在低声求玛丽亚，语气急切。玛丽亚绷着脸不回应，眼神闪躲。斯特凡诺该不至于笨到在给玛丽亚说大道理吧，那只会让那姑娘更厌烦他，玛丽亚此刻的表情就足以说明一切。我不知道他说了什么，但我认为他应采取欲擒故纵的策略，而不是摆出一副施恩的姿态，这一点他自己可能都没意识到。玛丽亚根本不吱声，始终阴沉着脸。她努努嘴，做了个鬼脸，还是不敢正视斯特凡诺。

无论他说什么，都难以取悦玛丽亚。她苦着脸，紧皱着眉，做出各种不满的表情。他们俩看起来都不太开心。她不似之前那般魅力四射了，眼睛红通通的，眼睑也哭肿了，看上去多了几分浓艳感。斯特凡诺似乎没有注意到她脸上的细微变化，这会儿，他的注意力根本不在这些细节上。他假装决绝狠心，眼神中却充满爱意。至少在我看来是如此。

斯特凡诺还在苦苦哀求，似乎只要他停下来就会失去对方。他不时用手势强调自己说的话，俯下身来哀求。可玛丽亚却无动于衷，就算他用这种方式留住了玛丽亚，也无法赢得她的芳心。我在猜他们可能在说些什么，没准提到了克里斯多夫——别在他身上浪费时间，他是个靠不住的花花公子

（这点我非常同意）。当然，他们聊的事也可能与克里斯多夫完全无关，不过关系不大，反正他说这番话的目的肯定是为了劝她回心转意，因为他还爱着她。

他似乎也意识到了这一点，气得往后退了一步，脸色阴沉，做出粗鲁的气愤手势。他可能不是对玛丽亚生气，而是对克里斯多夫，或者他是气自己无法改变眼前的局面。坐在柜台后的科斯塔斯抬头看到了我，我俩目光相遇的瞬间，我赶紧移开了视线。

玛丽亚突然无声痛哭起来，科斯塔斯和我不约而同地将目光转向她。她就站在那儿，两手直直地垂着，脸色苍白，面无表情，就那么直愣愣地瞪着斯特凡诺，样子有点吓人。即使她什么都不说，表情也足以说明一切。此刻，她那张脸蛋依旧圆鼓鼓的，但比时看上去却是干瘪的，仿佛连五官都凹陷了。

斯特凡诺转过身，嘴里还在嘀咕着什么。他没有看她，朝门口走了一步，但突然又停下来。最终他还是心软了。

玛丽亚终于说话了，从她嘴里说出的话咄咄逼人，尖酸刻薄。科斯塔斯在柜台后小声地吹了一个长长的口哨，斯特凡诺背对玛丽亚站着，脸唰的一下红了。他扬起手像是要给谁一耳光，可面前根本没有人。这一次，绝对是玛丽亚把他惹火的。他气得发抖，脸色越来越差，似乎连呼吸都变得很费力。

在某种程度上，是玛丽亚让他当众出丑的。虽然他假装没有看到我，但我知道他已经发现我了。显然，玛丽亚也发现我正在看他俩，所以才故意这么做来羞辱他的。

我觉得浑身刺痒，又感到不舒服了。椅子已经湿透了，我一站起来那就会留下一圈湿湿的痕迹。

科斯塔斯还躲在柜台后看好戏，时而高兴，时而担心，就像在给体育赛事做"有色评论"似的。

斯特凡诺尽可能让自己冷静下来，他垂下了手。但是他还没能完全控制住情绪，他的脸涨得通红，心情似乎还没完全平复。他和其他男人一样，都有暴脾气的一面。我转过去看玛丽亚，还以为她会被斯特凡诺的反应吓到。

斯特凡诺在爱与恨交织的情感中快要窒息了，积压在心头的怒火随时会爆发。玛丽亚并不爱他，还当众羞辱了他。然而，玛丽亚却一副不甘示弱的样子，倔强地站在那儿，双手贴在身体两侧。

接着，她把刚才的话重复了一遍——我猜是如此，因为听起来发音相同——不过语气完全变了。如果忽略她那冷漠的表情和僵硬的站姿，我保证她是在哄斯特凡诺。事实上，斯特凡诺的姿势也确实缓和了。他稍稍转头，似在犹豫。没错，他慢慢地转过身来，脸上充满希望。他真是她的信徒！我从没见过哪个男人对一个女人如此痴情，对方不费吹灰之力就将他俘获了。

她盯着他，皱了皱眉。这是一个女人，或者说每个人都可能会遇到的两难问题。她无意间闯进了某个男人的世界，这个男人虽不是她理想的爱人，却像条狗似的对她不离不弃，就算被打、被虐待，也始终在她身边。然而，她费尽心力所爱之人却对她不屑一顾。

情人眼里出西施，爱情不是你来我往，常常没有回报。深情用在错的地方，只会让人越陷越深。

她的表情转换自如。她露出满意的笑，但不是对斯特凡诺，而是为自己的胜利感到窃喜。不过她显然不知道这个场景有多讽刺。在我看来，他们的关系和各自立场丝毫没有改变，至少从她的脸上没看出多少希望。尽管如此，斯特凡诺还是伸出手去拥抱她，用双手将她揽入怀。她没有迎上去，也没有躲开，结果她就被对方拥在怀中，只好忍受对方的抚摸。斯特凡诺却不满足。拥抱并不是不够友好，只是不够浪漫和亲密，无法满足斯特凡诺。

而且我知道，玛丽亚不爱他，但也不愿放开他。她想抓住他不放，不管他们之间发生过什么。总有这样的女人，觉得自己需要一个备胎。正如斯特凡诺说的，她才不傻，她是个很现实的女人。她宁愿死尸般靠在斯特凡诺怀里，也不会表示明确的拒绝。当然，这要看你怎么去解读。说不定这一刻她正在考虑和这个男人在一起会有怎样的未来。一方面，她受到爱护和保护，可能还会生个孩子；另一方面，她必须满足这个男人的需求。时间久了，她会对身体的触碰越来越反感，生活也就变得越来越煎熬。无疑，斯特凡诺肯定会叫她为自己曾受到的侮辱和背叛做出补偿。

她瞧不起这个将她搂在怀中的男人！然而，这个司机却是许多女人梦寐以求的爱人。他长得英俊，不乏魅力，显然还很痴情。当然，他脾气不小，不过女人既能以惊人的方式调解，又能以乐观主义精神面对，她相信只要她全心全意爱他，他的怒火终会平息。没错，如果玛丽亚直接拒绝斯特凡诺，说她永远也不会爱他，他俩根本没有未来，如果她真能这么说的话，说不定对他俩都会更好。

但我看得明明白白，玛丽亚并没有要放开斯特凡诺的意思。她举起手抚上他的背，轻轻地安抚对方。这个虚假的动作只是为了哄他。从我坐的地方刚好能看到她的脸，她脸上那种僵硬的表情和手上温柔、亲密又略带烦乱的动作形成了鲜明对比。那双手仿佛脱离了她的存在，自己有了生命似的，就像恐怖电影里的鬼手。然而斯特凡诺看不到她的表情，还沉浸在对方的假意安抚中。这个动作立刻就起了作用，他的脸上焕发着希望的光。他伸手想抚摸她的头发但又犹豫了，不想得寸进尺。她立刻躲开了，这反应好像在说：已经差不多了，到此为止吧。

当然，斯特凡诺有些失望，不过他的心情还不错，至少这个结果超出了他的预期，他没有失去玛丽亚。玛丽亚还是不高兴，不过已经停止哭闹了，也不再瞪着斯特凡诺。她似乎迫不及待地想摆脱他去忙自己的事，不想再跟他浪费时间。

这时，她立刻变身为忙碌的职业女性，她低头看了下表，皱了皱眉，后悔自己挥霍了太多时间。

她突然跟斯特凡诺说了句什么，很简短的一句，大概是"再见"的意思。斯特凡诺点点头，往后退了几步。玛丽亚打开员工办公室的门，大概轮到她值班了，她得快速地换制服，梳头发，整理好思绪。但进门前，她突然回过头，并没有看斯特凡诺，而是看向我。那道目光直截了当又含义不明，盯得我心头一凛——那感觉有点瘆人，就好比你正在看电视，剧中的演员突然转过头来看你一样。

我被盯得不安起来。她却冷冷地点点头，仿佛有必要对我表示某种感谢。显然，她知道我目睹了刚才的一切。我佩服她的反应，换作是我，我可能无法表现得那么淡定。无疑，她是个可怕的女人。

◦----------◦

她进去后关上了门。我回头去看斯特凡诺，出乎意料，他竟朝我走了过来！我条件反射式地赶紧低头看手机，假装在编辑电子邮件或短信。我明白这是个愚蠢的举动，骗不了任何人。但除此之外我实在不知道还能做点什么，只能装模作样地坐在原地，等他快步走过来。下一秒，他已经站在我面前，表情里带着友善，甚至还透着些许可怜，总之一点儿都不讨人喜欢。

他说话的声音变小了，跟刚才发怒时的声音完全不同——刚才他还是个狂躁的男人，易怒的情人，我可还记得呢。他在讲英语。我发现他对语言的掌控能力很强，只是他英语说得不如希腊语流畅。我发现，就算他遭到了玛丽亚的拒绝，他还是充满魅力和男人味的，这种魅力正源于他出色的表达能力。刚才的场面确实尴尬，但他那口流利的希腊语却让他仍旧充满自信，反而是此刻，在我面前说着英语的他反倒局促起来。

"我是来找你的。"他说。

我怔住了，惊讶地看着他。并不是他的话对我产生了影响——他具体说了什么我一个字也没听进去——反倒是他那开门见山的打招呼方式和平淡冷静的语气让我感到吃惊。至于他所说他是来找我的，这显然是假话，很明显他是专程过来安慰玛丽亚的——她知道了克里斯多夫与别的女人厮混在一起，正在那伤心欲绝呢——要么就是来质问玛丽亚的，质问她为什么会如此伤心？

我愣愣地看着他，不知该如何接话，也不知道他找我有什么事。

"今晚你愿意跟我姑婆吃个饭吗？"他问。

我迟疑了，我想不通那个女人为什么想再见到我。见我不回答，他继续说："我可以送你过去。"

他的语气中充满期待。他们的邀请是真心的，或许他们天生热情好客。我在想，或许经过一天的相处后，他们已经不把我当成顾客看了。我是来这里做研究的——当然，我是个偷了克里斯多夫创意的冒牌货——按照本地的传统，理应受到他们的优待。他们大概觉得帮助我做研究是责无旁贷的事，可是假如他继续问下去的话，我的谎言就会穿帮，他们会发现我在这方面完全是外行。

坦白说，我有点左右为难。我应该直接回绝他，告诉他我本打算上楼订回伦敦的机票，刚才我正在手机上查看航班呢。我本来不必感到自责，但是，我天性不爱泼别人冷水，尤其是对陌生人——每次我都想直接拒绝对方，结果每次都会犹豫不决，不正是这该死的难为情害得我来格罗妮美那白跑一趟吗？不能再重蹈覆辙，要拒绝别人，就要干脆果断一点。

"问题是，"我说，"我马上就要走了。计划有变，我得立刻回伦敦。"

"不等你丈夫回来了？"

如果我没记错的话，我从没在他面前提起过自己的婚姻，更没告诉过他我正在这等我的丈夫。不过这没什么好大惊小怪的，估计全酒店的人都知道这件事了吧——要么是玛丽亚传出去的，要么就是科斯塔斯。

他有点尴尬，好像发现自己说漏了嘴。他知道自己过界了——在人际交往中，有些事你我心照不宣，不该说的话就要憋在心里。这一点在我们生活的时代显得尤为重要。

斯特凡诺的脸越来越红，我一边观察他一边想，在这个通过谷歌搜索和社交媒体相互了解的时代，我们的社交活动在多大程度上受到这些不成文规定的约束呢？不必说网络，光现代人的性行为或者说交往行为就足够说明问题了。

有个朋友跟我分享过她的约会经历。那个男人是个音乐家，刚好是她喜欢的类型，她觉得对方很性感。他们的约会地点选在一家她从没去过的当地餐馆。他俩都住在伦敦西部的繁华地带，那里的大街小巷都上过杂志、报纸副刊和博客，他能选出一家她不熟悉的餐馆可谓是一件不小的功劳。她为穿什么发愁，一般来说，初次约会的着装总是令人头疼。这不仅是打扮得漂不漂亮的问题，还关系到你想把百分之多少的自己展示给对方的问题。况且，她对那家餐厅的格调并不了解，不知道那里是偏正式还是偏休闲，抑或是那种男士穿夹克就刚好合适的半正式风格。

最后，她只好求助网络。网上说那家餐馆是"该时尚区中当地人的最爱，以独特的菜单、舒适浪漫的气氛著称"。查完信息后她反而更紧张了，心想连这家餐馆都没听过，对方该怎么看她呢？不过，对方知道这家餐馆而她不知道，这又能说明什么呢？

"其实没什么，"给我打电话时她这么说，"我穿了一件绿裙子配黑色短靴。"说起自己的装扮，她的声音很紧张。

我想象不出那身打扮，就让她发张照片过来。她传过来的照片是站在浴室的全身镜前拍的，照片里的她一手叉腰，摆出有点性感的姿势。然而，照片只拍到脖子以下的部分，看不到她的脸。我不懂她为什么要这样拍，感觉有点诡异，不过那身衣服倒不错。我给了回复信息，肯定了她的着装，似乎还顺便发了句"玩得愉快"。其实当我收到那张无头照时，我就预感这次约会多半会不尽如人意。

餐厅非常小，总共只有十张餐桌。她一进去立刻就发现，不管从哪方面来看，这家餐厅都非常适合初次约会。餐厅的墙壁刷成黑色，室内点着蜡烛，桌上摆放着插好的野花，黑板上低调地写着每日菜品。她不敢相信自己竟然从没来过这儿。"就算没来过至少也应该听过这里新开了餐厅吧，"她心想，"就算不是为了这次约会，这里也绝对值得一来。"

两人聊得很投机。那晚气温适宜，用完餐后他们决定散散步。两人在街上漫无目的地走着，外面灯火通明，他们都住在附近。走到波托贝洛路和戈尔本路交汇处时，她又开始紧张了。时间已经很晚了，街上也越来越黑，虽然他过街时会挽着她，但是除此之外他们几乎没有身体接触，或许他对她根本没有那方面的意思。

就在她几近绝望时，他突然停下来，指着他俩面前的一座公寓说："我就住在这儿。"

她停下来，紧张得说不出话。

他继续说："要不要上去喝杯咖啡？"

她感到奇怪，心想：为什么他不说请她去喝杯酒呢。当时已经是晚上十一点多了，说请她喝咖啡难道不奇怪吗？若是说请她喝酒的话意思就很明显了，谁都知道一个男人问一个女人"要不要来喝杯酒"是在暗示什么。

见她没回答，他笑了笑，重复问道："要不要上去喝杯咖啡？"说着，他笑着朝她贴过来。

她觉得这个举动有点暧昧，顿时明白了喝咖啡的邀请并没什么歧义，在这种情况下，咖啡和酒有什么区别呢？于是她脱口而出："不行，我刚好在生理期。"

说出这句话后，连她自己都被惊到了。这个借口是她在出门前就想好的，这虽然不是最好的借口，但至少能拒绝对方的性邀请从而顺利逃过一劫。他尴尬地笑笑，往后退了几步，带着半嘲讽半厌恶的表情，好像在说："我不过是问你要不要喝杯咖啡，又没问你的生理情况如何，生殖器官能不能用？！"

事实上，后来他只说了四个字："那么——晚安。"他没吻她的双颊，她傻愣愣地站在那里接受了对方一个客气的告别拥抱，看着他转身走进公寓，还留下一阵动静不小的关门声。

从那以后对方再也没给她打过电话，她当然不会感到意外。当她在我面前再次提起这件事时，她说："唯一的遗憾是再也没有去过那家餐厅，那儿离我家不过十分钟的路程而已。"

"不过，那个音乐家会怎么想呢？你就不能主动打给他，开个玩笑化解误会吗？"我问。毕竟他们相处得不错，又互相喜欢，他甚至还请她到自己家里坐坐。她只是不该把双方都心知肚明的事说破。当时那种情景，男方的邀请不是性暗示还能是什么呢？

她使劲摇头，强烈反对。"不，绝不！光是想想就觉得恶心。"她补充道，"再说了，我对他已经没感觉了，我们之间不可能。"

斯特凡诺还站在这儿，刚才不小心说漏嘴的尴尬情绪已经过去了，他现在已恢复镇定。他的冒犯之言反而弄得我不知该如何回应。刚才的事就像在说：别装了，让我们打开天窗说亮话吧，你我心知肚明。

　　我这才意识到，他从一开始就知道我在撒谎，他知道我根本没有做什么研究，那不过是个低端借口，我是来找克里斯多夫的。

　　他可能载过克里斯多夫，而且从我上车的那一刻起，他就猜到了我们的关系。或者，玛丽亚早就跟他说过什么，虽说她对克里斯多夫的了解并不多。比如说，她并不知道克里斯多夫即将从我的丈夫变成前夫。如果她知道了这件事，会有如释重负的感觉吗？如果她知道我是来提出离婚，即将还给这位花花公子自由的话，心中会重燃希望吗？她会幻想嫁给克里斯多夫，和他生活在一起吗？毕竟，幻想总是很容易，生活却艰难百倍。

　　斯特凡诺看上去很苦恼。这会儿他的苦恼源于听到我要回伦敦的消息，而不再是为刚才说漏嘴的事。正是因为听到我要回伦敦的消息，他一时情急才说漏了嘴。这个消息让他感到绝望。毕竟，妻子对第三者的威力不容小觑，妻子不仅是身份的象征，还是活生生的监视器。这三天我哪都没去，一直待在酒店，但只要我在这儿，玛丽亚就觉得心慌。斯特凡诺寄希望于我，认为只要我留下，玛丽亚就能回心转意。也是，如果她继续急切地爱慕一个抛弃自己又被妻子穷追不舍的男人，这种举动不免太过荒唐。

那么，玛丽亚会满怀希望，将我的离开视为放弃主权吗？尽管最后留下来的女人不一定是她，可能是特纳罗海角的那一位或其他某个女人。反正总会有下一位，克里斯多夫这种男人身边总是女人不断。假设克里斯多夫就是他和玛丽亚争吵的根源，那么这大概正是斯特凡诺千方百计不想让我走的真正原因。

斯特凡诺继续说："你不用着急走啊，还有很多美景呢，我带你去看看吧。现在是淡季，游客不多，正是赏玩的好时机。"

此时我觉得他很可怜。他明知道在这种情况下他的劝说根本没用，还不如直接找玛丽亚理论有效呢，却还是想抓住最后一根救命稻草。他知道叫一个陌生人留下来有多荒唐，也知道他的话没有分量，这些他都知道。说了一会儿后，他沉默了，愁眉不展地站在我面前。

"很抱歉，"我说，"我得立刻回伦敦，别无选择。"我本想温言以对，没想到一张嘴声音就变得冷冰冰。"我倒很想留下来。"为了缓解气氛，我缓和语气，又补充了一句。不过他已经转身走了，连句再见都没说，径直走出了酒店大门，弄得我莫名其妙。

我抬头看向四周，发现科斯塔斯一直在偷听我俩说话。无疑，他观看了整个过程。他耸耸肩，一边横穿大厅，一边大声冲我说："别理他，他今天心情不太好。"

A

SEPARATION

6 妻子的权利

　　尽管事实是，我对自己丈夫的下落一无所知，千里迢迢跑到外国来也没找到人。可不管怎样，即使克里斯多夫背叛了我（她掌握的信息让我陷入孤立无援的境地），即使现实十分残酷，我妻子的名分和地位仍然具有象征性的权利。

◆

　　那天晚上，也就是我预计离开的前一天晚上，我和玛丽亚一起吃了顿饭。当时这件事自然而然地就发生了，尽管现在回想起来那场面有点尴尬——世上再没有比这更尴尬的事了吧，妻子和第三者在同一张餐桌前对坐、聊天，况且那会儿她还没下班，身上仍穿着酒店制服。她说半小时后她才下班，还用一副认真的语气告诉我说，酒店里有规定，上班期间绝不允许员工和客人闲聊。

　　她的话不容置疑，不过没过一会儿，她又出现在我面前，尽管有违规定，但她想与她的客人进行最后一次交谈。我俩谁都没挑明说，却不约而同产生了共进晚餐的想法。她眉头紧皱，若有所思地盯着桌子，手搭在椅背上一动不动地站着。她问我能否与她一起用餐，可话刚一出口好像又后悔了。踌躇片刻后，她终于拉开一把椅子坐下了。

　　我等她先开口，她肯定有事要说，否则也不会来找我。这大概是她反复思考，犹豫了几个小时、几天后才迈出的艰难一步，没准她是想问我为什么偷听她和斯特凡诺的私事。

她坐在椅子边缘，朝四周望了望，看似有点不安，我猜她大概是怕被科斯塔斯或其他服务员撞见。不过，好在没有人注意到她，那些服务员大概不敢相信会发生员工和客人共进晚餐这种事。

我问她要不要来杯酒，她本想拒绝，犹豫几秒后才耸耸肩又点点头。

"来杯红酒。"我招呼服务员过来。那个服务员立刻站到我面前，并没有看玛丽亚。他们是同事，毫无疑问是互相认识的。

我问她吃过晚饭没，顺便给自己点了杯酒。看样子她还没吃，我在大厅看到她和斯特凡诺时是一点左右，而现在已经八点多了。她摇摇头，我让服务员再拿一套餐具来，他照做了，可返回时却只拿了一份菜单。我叫他再取份菜单来，玛丽亚说不用了，她直接点就行，她心里有数。

她直接开始点菜。在希腊，点菜肯定是她比较在行。服务员双手抱在胸前，一副爱理不理的样子。一般来说，客人在点菜时，服务员要用动作或手势做出回应，或低头轻声说"好的""这个选择非常不错"，客人吩咐时要不停点头微笑。

这名服务员之前给我服务时，这些基本礼仪做得都还不错。

　　不过这会儿，他却一反常态，根本没有动笔写，而是双手抱在胸前，挑衅地瞪着玛丽亚。我猜他大概是被玛丽亚那高高在上的态度惹火了。就算我再不会看眼色，也觉察到了玛丽亚态度的不友善，她完全不像是在对自己的朋友或偶尔碰到的熟人讲话。对方没理她，她故意顿了顿，却还是被忽视了。她恼了，开始用希腊语指责对方，然而服务员直接跳过她，转而用英语询问我要点什么菜。

　　我吃腻了烤肉和芝士，便点了两道毫无新意的菜——沙拉和通心粉。无论是重口味的希腊菜，还是酒店里偏城市口味的希腊菜都不合我胃口。服务员点点头，说马上就拿红酒来。他微笑着接过菜单，径直走了，瞧也不瞧玛丽亚一眼，摆明在故意气她。这俩人之间的火药味太浓了，以至我不禁猜想，这中间怕是有什么历史恩怨吧。可在此之前，这位服务员怎么看都是一个不会惹是生非的老实人。

　　服务员一走，场面又陷入了尴尬，我几次试图找些话题，却明显聊不起来。可玛丽亚似乎还不打算说正事。我有点儿后悔，或许我刚才不该邀请她坐下来一起用餐。难道她打算全程默默不语，等吃完饭才进入正题？

服务员端来红酒，接着又是一阵无声沉默。我决定首先打破僵局。她应该不是为刚才的事来找我的，肯定是为克里斯多夫来的。我在想她要说什么。或许她需要钱，或许她怀孕了？或许她会说他们深爱彼此，劝我主动退出，成全他们的幸福？假如她这么说，那么我会告诉她我对这段三角关系根本不感兴趣，等克里斯多夫一回来我就提出离婚。

一连串可能性在脑海里闪过，最后我终于开口了。我问她和克里斯多夫认识多久了，这事是怎么发生的。我不想用"这事"这种词，但又找不到更恰当的表达。我不知道他们有没有确立正式的恋爱关系——从克里斯多夫在这儿的逗留时间推测应该没有，他们认识还不到一个月——我甚至不敢肯定他俩是否有过交集，我指的是实质性的交流，而不是幻想中的关系。

她顿时恼了，瞪着我，以为我在嘲笑她。不过也是，在她听来确实是这样，毕竟我是克里斯多夫的妻子，在这种情况下，显然我更具优势和特权。尽管事实是，我对自己丈夫的下落一无所知，一千迢迢跑到外国来也没找到人。可不管怎样，即使克里斯多夫背叛了我（她掌握的信息让我陷入孤立无援的境地），即使现实十分残酷，我妻子的名分和地位仍然具有象征性的权利。

我估计她不会回答，便招呼服务员再拿一杯红酒来，这顿饭肯定比我预想中要漫长。不过她突然变得温和起来，似乎意识到是她自己主动要求坐下来的，才改变了态度。她小声嘀咕着，像是在说克里斯多夫第一天入住时发生的什么事。她的声音太小了，我想叫她大声点，又不好提要求。好在她自己意识到了。她抬头看着我，重复道："他到酒店的那天，我正在前台工作，那会儿我认识了他。"

三周时间，也就是克里斯多夫在马尼的全部时间，她说这话的意思是想强调她对克里斯多夫更有占有权。没错，比起特纳罗海角的那一位来说，三周时间长得快赶上一辈子了。不过，此刻正与她同桌对坐的我很想告诉她，他们共度的三周时间与我们的三年恋爱和五年婚姻生活相比，简直太微不足道了。当然，比起即将陪伴克里斯多夫度过今后十年、几十年，甚至一生的人来说，我们这段感情也根本不值一提。

这些年来，我和克里斯多夫不时会遇到一些已经结婚七八十年的夫妻，还和其中某几对夫妻接触过。像这样的夫妻，他们几乎共同度过了彼此的全部成年时光。那时我们还在想，我们也能走那么久吗？近来我们渐渐明白，那是不可能的。更重要的是，我们都知道，就算我俩各自重新找到爱情，也不可能再拥有一段长达五十年的婚姻了，因为寿命是有限的。从这点来看，我们已经失败了。

与这个陌生女人面对面坐着，某一瞬间，我觉得这种共同的失去如同一根纽带把我和克里斯多夫重新连在一起。尽管他并不在这里，尽管我们相隔万里，但最终我们都逃不过死亡的结局。大概因为我没回答，玛丽亚继续说："他对我们服务员很亲切，态度非常随和。大多数客人都把我们当垃圾对待，在他们眼里我们甚至连垃圾都不如，卑若微尘。"

"他一个人来的。当时我问他有几个人入住，他说就一个。他特别强调他是一个人，就他自己住。"玛丽亚用戒备的语气又补充了一句，尽管至此我仍未发一言。

当然，他肯定会这么说。不过，从另一方面来看，这难道不是个人理解的问题吗？他可能只想闲聊，也可能只是出于某种实用性目的——假如他是一个人的话，他只需要一把钥匙、一张餐位就行了。但是把这话挑明说出来好像有点残忍，我仿佛能清楚地看到他俩调情的画面。克里斯多夫太知道怎么把女人骗到手了，那对他来说轻而易举，真正需要他花些工夫的是之后如何抽身。我在想，他用了多久把玛丽亚骗进了房间，几周，几天，还是几个小时？他现在的"办事"效率有多高了？从我自身经验来看，我记得他只用了一周。

服务员端来了头盘。我点了一盘时令蔬菜沙拉，上面撒着不新鲜的胡萝卜泥。蔬菜都是用卡车从外地运过来的，放了太长时间，完全不新鲜了，吃在嘴里味同嚼蜡。我毫无食欲地盯着餐盘，心想，这种干旱的地方只适合种橄榄、仙人掌之类的植物，我真不该点这盘菜。

与此同时，玛丽亚正认真切着盘中的龙虾。这道菜是菜单上最贵的菜品之一，广告词就有好几行，吹得天花乱坠，不过是为了抬高价格。龙虾看起来十分美味，肉质饱满细滑，半开的龙虾钳里盛满虾肉，还堆着拳头高的一大块黄油，难怪玛丽亚吃得津津有味。

在这样一个从容享受昂贵美食的女人面前，我实在没办法让自己心情平静。或许她完全有资格享受这样的小小奢侈，而我理应为她买单。

假如克里斯多夫玩弄了她——很显然事实正是如此——作为他的妻子，难道我不该补偿她吗？我想知道她之前是不是也来过这家餐厅，没准她还和克里斯多夫在这张餐桌上吃过饭呢！说不定她当时也点了这道菜，克里斯多夫坐在她对面，欣赏着她的好胃口，欣赏着她对肉欲之欢的满腔渴望，并且鼓励她去追求俗世之乐，尽享奢侈生活。

当一个女人变得不再像她自己，表现得有点异常时，不可能的事就会变成可能，这就完成了一半的诱惑。现在，她吸着龙虾钳，下巴上沾着黄油，没准正陶醉在昔日的自我诱惑之中。而坐在旁边的我显然成了道摆设。吃着美味佳肴，她的心情似乎好了起来，又谈起了克里斯多夫，语气中没了愤怒，带着点飘飘然的感觉。

"我觉得他很帅。"她说，"他跟这儿的男人长得不一样，言谈举止也很特别。他特别爱笑，很多时候我都不知道他在笑什么。不过他的笑没有别的意思，我从来不觉得他是在嘲笑我。"

"酒店里的女孩们都对他神魂颠倒。"她继续说，"他刚到酒店，她们就开始讨论他有多帅，多性感。"

我尴尬地挪开目光，听她说这话的感觉就像听到朋友夸自己的父亲性感一样。"性感"这个词从她嘴里说出来显得有点儿孩子气，不太容易让人联想到性行为。

"大家都注意到了，他是独自一人来的。很少有男人会单独到这儿来，到这儿来的男人也很少有像他这般年轻帅气的。"

她低头盯着盘子出神，现在盘中已经只剩龙虾壳了，片刻工夫她就解决了那盘菜。

"我做梦都想不到，在酒店这么多女人中，"她继续说，"他竟然看上了我！"

我倒没发现酒店有那么多女员工。她的言下之意是，酒店里成群结队的女人都在追克里斯多夫，不过她们都是她的手下败将。我懂了，她是想说，克里斯多夫是她的战利品。

"但是，"她继续说，"他真的在注意我。我上班时，只要他从大厅经过，就会在前台逗留一会儿，和我聊几句。他显然很忙，但似乎又有大把休闲时间。"

"克里斯多夫很擅长为他感兴趣的人挤出时间。"

　　我尽量说得委婉一点，不带挖苦的意思。她似乎根本没听到我说了什么，一直在自顾自地说："他这人很有趣。我敢捂着胸口发誓，我从没见过这么聪明的男人。"这回她停了下来，举起一只手按在起伏的胸口上。

　　她的这个姿势笨拙可爱，克里斯多夫肯定喜欢，甚至还会觉得乖巧动人。这也难怪，她对男人的要求并不是特别高，不过从各方面来看，斯特凡诺都算不上是一个聪明的男人。

　　服务员过来收走桌上的餐盘——我的沙拉还剩一大盘，玛丽亚那盘龙虾早消灭得干干净净——之后她继续说："他懂得很多，但为人谦和。和他聊天时，他不会让你觉得自己浅薄无知，不会让你感到自惭形秽。即使拥有再多特权，他也不会高高在上，目中无人。"

　　说到这，她停下来看着我，似乎在说："而你却相反，有点儿资本就得意忘形，自以为是。"我默然点头，又向服务员要了两杯红酒。我问她要不要再来一杯，她有点儿鄙视地点了点头。过了会儿，她补充道："从我第一眼见到他时，我就知道他是个温柔的男人。"

　　"好吧，"我说，"是，你说得没错。"

我差点笑出来。克里斯多夫玩弄了她，她却把他当成童话里的王子，小说里的英雄，这太荒唐了。她继续说时，我在想，她肯定还想着要跟克里斯多夫当面谈谈呢。我在等她说正事，她坐在这儿的真正理由。不过，她好像忘了自己此行的目的，一直在讲克里斯多夫的优点——他是多么迷人，多么善良，却只字不提他俩的交往过程。我又开始怀疑，或许他们之间根本什么都没发生，玛丽亚不过在单恋克里斯多夫，他对她微不足道的关注让她心动不已。

她的实际年龄比我预估的还要小，大约十九岁、二十岁的样子，还是个懵懂无知的孩子。服务员上了主菜，她点了份牛排，也是菜单上最贵的菜品之一。或许她想的是，反正是我请她，为何不点最贵的菜呢。

"你多大了？"我突然问。

"二十。我八月过生日。" 她有点骄傲地说。

大概二十岁是人生的一个里程碑，过了二十，你就告别了青春，走向成熟。或者，她的骄傲来自年龄优势，的确，她比我年轻许多。

克里斯多夫的年龄几乎是她的两倍了。当然，二十岁的姑娘并不在乎年龄，三十岁的女人和比自己大一倍的男人搞外遇前才会三思而后行。女人年纪越大，就越希望正式确定一段关系，所以二三十岁的年龄差就会变得至关重要，有哪个女人愿意嫁给一个站在死亡门口的男人呢？

但是在二十岁的时候，死亡对你来说还很抽象，年龄对玛丽亚来说根本就不是问题。这大概就是男人会喜欢年轻女孩的原因吧，她们让男人感受到青春气息，不是因为她们自己有青春的躯体，而是因为她们无法理解爱人日渐衰老的躯体意味着什么。虽然四五十岁的男人的身体也能保持得和二十五六岁的小伙子的身体差不多，比如通过节食和健身就有这样的奇迹，但本质上还是不同的。女人要到一定的年龄才能理解这其中的真正含义。

玛丽亚太年轻了，还无法理解这其中的深意。她嚼着牛排，不情不愿地问起了关于克里斯多夫的事。我终于明白了，这就是她的真正目的。她想向我打听我的丈夫，想多了解一点儿跟那个带给她希望和爱情的男人有关的事。我也知道，做出此举对她来说很难，因为她这么做，就承认了我这个正妻的地位。我说的任何事，哪怕我什么也不说，都可能破坏克里斯多夫在她心中的美好印象，而很明显，这正是最让她抵触的，她想守住这份美好。

但是她忍不住想聊聊克里斯多夫，比如，她总是满怀热情地提到克里斯多夫的名字。她在发"克里斯""多""夫"这三个音节时特别激动，老是不厌其烦地重复那几个字。当你为某个人神魂颠倒时，仅仅说出对方的名字便足以让你兴奋不已。曾经我也是这样，与人聊天时总爱提克里斯多夫，提到他的观点、意见和小动作——那时我对他盲目崇拜，我可真傻——周围的人肯定觉得特别无聊。

玛丽亚和当年的我一样。正是怀着对他的欲念——至少我这么认为——她才来找我打听他的事。她想了解克里斯多夫的一切，每一个细节，就算有的信息会给她带来烦恼，但她还是想知道。她甘愿为此付出代价。与此同时，她的欲念又是易碎的、敏感的，因为她怕听到任何可能破坏她心中美好幻想的信息。她开始问问题，一些最基本的个人信息——克里斯多夫在哪长大的？有没有兄弟姐妹？喜欢宠物吗？比如说，爱狗吗？他总随身带着书，他真的那么喜欢阅读吗？

她的问题小心回避着有关我和克里斯多夫之间的事。比如，她根本不问我们是怎么相遇的，婚后住在哪里，有没有孩子。她根本不关心这些问题，她只想让自己脑海中爱人的形象变得更丰满一点。尽管克里斯多夫让她失望，伤心流泪，可显然她并没有生他的气。我越来越确信他们之间根本没发生过什么。在我眼里，玛丽亚更像是情窦初开，沉溺于浪漫幻想的少女，完全不像一个可鄙的情人。当然，她也有可能两者皆是。

这会儿，我俩都吃完了。虽然她一直在说话——甚至在我回答她的问题时，她也常常会插两句嘴——但是已经飞快解决了那盘牛排。相比之下，我吃意面的速度慢多了。我的回答没能满足她，我不想说任何伤害她的话，毕竟她还是个孩子。她想知道克里斯多夫的所有事情，但我越是配合她的要求，就会越多地谈到我们的婚姻，而她心中那段回忆就会变得愈发苦涩。

突然，她停止了没完没了的问题，冲着我的盘子点了点头，警告道："这儿的意面不好吃，你应该点简单的菜。他们想做成意式风味，结果弄巧成拙，难吃死了。"我点点头。她以一种警告的语气对我说这话，似乎能够从中收获一丝快乐。我本来想说沙拉和意面本来就是两道特别简单的菜，但想想又没说。当然，她明显点得比我合理，也吃得比我精致，可不得不说，她吃得也远比我贵很多。

我突然站起来，不打算请她喝咖啡，吃甜点了。这种举动有点儿孩子气，不过她对我点的菜指手画脚，真是把我气着了。她批评我不会点菜这个举动太失礼了。况且她也太马后炮了吧，饭都吃完了才说这些有什么用，点菜前为何不说呢？当然，我知道，真正惹火我的原因并不在此，也不是因为她点了昂贵的菜而要我为她买单，我是在气她有意无意地炫耀和我丈夫调情这件事，而且还表现得理直气壮，就好像我必须把他俩这段情事当回事一样。

或许在她看来，如果我管不住丈夫，那么只能怪我自己。大概是这样的逻辑。或许，她完全忽略了我的感受。她还太年轻，无法站在一个女人的立场替另一个女人考虑，她不具备那种想象力。不过总有一天她要学会这些技能的。

她坐在那，眼睛眨都不眨地盯了我半天，似乎被我不准备请她吃餐后甜点的举动惊到了。然而，我主意已定，我实在不想再面对这个女人了。

　　我们就这样僵持了几秒钟，她的气势明显弱了下去，接着才不情不愿地站起来，含糊地说了句"谢谢"。

　　她陪我走到大厅，那一瞬我也不知道是哪根筋搭错了，竟问出一个极其无礼的问题："你们上过床吗？"

　　我会这么问，大概是因为我肯定她会回答"没有"。我能这么肯定地说，并不是因为本能地想要否定，也不是因为她全程的笨拙举止让我觉得她是个诚实的不会犯错的女人，而是经过观察后我认定他们之间并没有任何实质性接触。一旦她否认了这件事我就会向她道歉，不管怎样，我是外国人，就算语出冒犯也能被原谅。

　　然而，她非但没否认，脸上还立刻出现了一片红晕，渐渐地，整张脸都变红了。起先我以为她是因为害羞，毕竟这个问题问得过于直接，可能冒犯了她——由此也可以看出我的性格有多古怪，克里斯多夫可能在她面前抱怨过。没准她正在想，这女人真是神经质，难怪克里斯多夫拼命想逃离他的妻子呢。可我转念一想，克里斯多夫又怎么会在她面前提到我呢？——她说话时依旧激动，声音和行为很镇定，不过她的脸色已经出卖了她的内心。

"嗯，当然，我知道他结婚了，"她说道，脸更红了，她肯定也感觉到了自己脸色的变化，"登记的时候，我看见他手上戴着戒指。"

　　我顿时怔住了，莫名感到愤怒。然而我不能怪这个女孩，也没有资格怪克里斯多夫，他们想干什么是他们的权利。我只能忍气吞声，想尽量避开她的目光。

　　"你看见他的戒指了？"

　　克里斯多夫肯定和她发生了关系，这我早就猜到了。只是我没料到的是，他竟然还戴着结婚戒指。我们的婚姻已经走到无可挽回的地步，他会专门找出戒指戴上吗？我实在不敢相信。玛丽亚听出了我的音调变化，以为我在谴责她，蓦地又红了脸。她强装镇定地回答说："嗯，我看见了他的结婚戒指，我的确看见了。"

　　通常情况下，这会儿我该接着问下面这些问题：什么时候发生的？有过几次？接着还应该表现出愤怒和嫉妒，做出每个妻子听说丈夫出轨的消息后应有的反应。大概她早已想好如何应对这些状况，可惜她期待的事情并没有发生。我们面面相觑地站在大厅里，我追问她戒指的事，就像在刻意回

136

避他们发生过性关系的事实一样。

"他戴着什么样的戒指，你注意到了吗？"

她耸耸肩，看似有些不安："银色的，很朴素。"

"细的还是宽的？"

"不太宽，大概……半厘米宽。"

这很难判断，听起来像结婚戒指，又不太像。克里斯多夫戴上那枚简单的铂金戒指肯定是别有用心，而且很有可能是出于某种实用目的。他的做法可能跟一些单身女性一样，他们戴戒指都是为了让人望而止步，避免没必要的骚扰和关注。只要亮出手指上的金属圈，就能吓跑那些仰慕者。

当然，男人戴戒指的目的还是和女人不太一样，尤其像克里斯多夫这类风流男人。对他来说，婚戒意味着一种长久约束。女人能对已婚男人要求什么呢，等时间一长，他们便会说，从一开始你就知道我结婚了，明知道跳的是个火坑，我们的关系就像我手上这枚戒指一样一目了然。我知道，在我们短暂的婚姻里，他曾多次在外风流。大概，每次出去风流时，只要戴上结婚戒指，他就能感到更多自由。那枚戒指似乎放在他书桌的抽屉里，或者和手表、皮夹一起放在手提箱里。我才发现我连他的戒指放在哪我都不知道。

我的呼吸慢慢恢复正常，但我无法假装什么事都没发生。我不知道这件事会不会淡去，但不管时间过去多久，谁能毫无羞耻感和愧疚感地去回顾那些曾经遭受背叛的细节呢？

我突然跟玛丽亚说了声"晚安"。我说："明早可能还会再见，也可能真的要说再见了。"我知道自己此刻正心烦意乱，表现得有点儿没风度。她耸了耸肩，没说她明天是否上班，也没感谢我请她吃晚餐。我没有期待听到她的感谢，可或多或少有些介意。这顿晚餐很不愉快，我绝不想再有下一次，与克里斯多夫的情妇促膝长谈！我走上楼梯，返回房间时，她还站在那儿，双手插在制服口袋里，远远地看着我。

PART TWO

1 归来

　　我心中没有罪恶感，也感觉不到悲伤，只是觉得
难以置信，这种事居然真的发生了。以前我连想都没
想过的事现在却变成了现实——已经发生了，所以是
现实。然而，就算它发生了，你还是觉得这事不可能，
不敢相信它已经发生了，就像你不敢相信自己会在一
次正式演讲中口吃一样。

◆

　　克里斯多夫的尸体在一个内陆村庄外的浅水沟里被发现，那里距离我去过的那座石筑教堂只有几英里远，离最近的住宅只有五分钟路程。那条马路上人烟稀少，往往几个小时内都没有一辆车经过。那个地方原本就荒凉，遭受火灾后更是惨不忍睹，植被都烧光了，如今俨然一片废墟。克里斯多夫的尸体埋在掺满炭灰的泥土里，变得不成样子，他们抬出尸体后发现，死者身上灰亮一片，仿佛做了炭黑涂层。

　　尸体被扔在这里至少有一个晚上了，也有可能更久。死者身上的钱包是空的，卡和现金都不见了，不过警方还是很快识别出死者的身份。之后，我们发现他的账户少了几万美元，信用卡的消费额也莫名其妙地增加了。当然，欺诈保护服务会返还这些费用，但这似乎不是重点，因为这张信用卡的所有者并不在乎，他再没机会开银行账户或信用卡账单了。

　　克里斯多夫遭遇了抢劫，之后被杀害了。这类荒唐的杀人案经常在曼哈顿、伦敦或罗马等城市发生，而克里斯多夫的案子跟其他那些谋财害命的杀人案一样，凶手的动机单纯，没有任何可疑之处。可他死得太没有尊严了。这不仅仅是因为他的尸体被人丢在水沟里，还因为他千里迢迢地来感受异域风景和文化，结果却丧命于此。更关键的是，他死亡的方式太狗血了，这场悲剧完全可以在他所居住的地方上演，何苦非要死在这个鬼地方？

警察到达酒店时，我正在打包行李，准备出发。科斯塔斯帮我打电话叫了之前送我来酒店的司机，司机马上就要到了。他专门从很远的地方赶过来接我，但是我这会儿显然走不成了。让司机白跑一趟，这着实给他添了不小的麻烦，不过此刻没有任何人责怪我，当你的家人遭遇不幸时，没人会拿这种小事来烦你。得知这个消息后，接下来的几个小时里，我满脑子都在想克里斯多夫死得多么蹊跷，多么荒唐和突然。

此刻我想起一位朋友曾说过的话。在谈到她之前交往过的男友（后来她有三个前夫，她永远都是乐观主义者）时，她说，"我感觉他已经死了"。我尤其反感这句话。不过是分手罢了，何必说得这么狠。她并不像会有这种狠毒想法的人，更不用说真的会有这种感觉了。但是，她向我保证说，这是她的真实感受。当然，这是措辞问题，她只是随口说说而已。不过，我比较迷信，那种话是说不出口的。虽然我不相信因果报应，但"我感觉他已经死了"这句话，听起来太像一个不祥诅咒。

然而，尽管我小心翼翼地不敢犯禁，尽管我从来没有过那种可怕的想法，但这句诅咒现在在我身上应验了。有时，当你爱一个人或恨一个人到极点，内心被恐惧和仇恨支配的时候，你就会想到死。但是你不过想想而已，绝不会相信这事真的会发生。即使是站在祭坛前宣誓"至死不渝"的时候，死亡对你来说也只是个抽象概念，它意味着二人在此相约白首，共度一生——两位老人十指紧扣，儿孙绕膝，在海边别墅幸福生活，终了此生。但是，在我和克里斯多夫的这段关系里，没有儿孙，也没有田园隐居生活，只有一段名存实亡的婚姻和某些介于"我感觉他已经死了"和"至死不渝"之间的情感了。

我挂上电话飞奔到大厅。科斯塔斯在电话里说克里斯多夫出了大事，当时我没明白这话的确切含义。

两名警察站在科斯塔斯身边，见我走过来，他们都低下头。这个动作是对死者家属表示尊重，因为他们即将向妻子宣布丈夫的死讯。而此时我才渐渐意识到，克里斯多夫已经死了。科斯塔斯先向我介绍了这两名地方警察，接着说："很不幸，有个坏消息要告诉你。"

科斯塔斯继续翻译警察的话。警察说话时并不看我，时不时用怀疑的眼神打量我。他们大概是在寻找嫌疑人，并且把我当成了怀疑对象。这也无可厚非，众所周知，一般这类案件的头号嫌疑人都是死者的妻子或丈夫。

但当我傻愣愣地听科斯塔斯传达他们的话时——我一个字也没听进去——我才发现他们根本不是在起疑心，不过是感到尴尬而已。没有人想传达噩耗，更何况他们根本无法预料死者家属听到噩耗后的反应，会感到气愤还是歇斯底里，抑或是根本不相信。但是他们想多了，我根本没有责怪他们的意思。

我猜科斯塔斯事先已经知道了一些具体情况。每句话传到他那，他都要先叹口气，然后才转过来告诉我，带着一副极其克制的表情。比如，他说克里斯多夫躺在马路边上，后脑勺被人袭击了，似乎遭到了抢劫。他大概觉得用惊讶的语气传达消息更合适，因为要让语调介于悲伤和官方之间是很难办到的，他只是在负责传递信息而已。

当时我整个人都被震住了，我一直在点头，案发现场的画面一点点在我眼前还原。我问克里斯多夫死了多久了，他们说暂时还不能确定，等尸检结果出来才能下结论，不过可以肯定是不久前的事，因为尸体……

科斯塔斯停了下来，露出一副惊愕的表情，似乎不愿听到接下来的内容："比较新鲜和完整，除了后脑上的伤口，其他地方基本还没腐烂。"

"所以说，他是昨天被人杀的，而那会儿我人就在这，就待在酒店里？"

警察摇摇头，再一次解释道："还得等尸检结果出来才知道，不能确定就发生在昨天，但我们能肯定这件事刚发生不久。这个地方到处都是野兽，如果他已经在那躺了好几天，尸体不可能保存得那么完好。他看起来就好像只是睡着了而已。"

可是他后脑勺有伤口。睡着的人头下怎么可能有一大摊血呢？他的比喻根本说不通。如果情况真如他们所说，那么或许克里斯多夫是闭着眼平躺着，所以血被盖住了。可他死的时候怎么可能闭得上眼呢？他是被人袭击致死，死前肯定是惊恐地瞪着双眼啊，怎么可能还会一脸平静地闭着眼睛躺在那，看起来好像睡着了呢？

"现在你能和他们走一趟吗？"

"去哪？"我茫然地看着科斯塔斯，愚蠢地问道，这会儿我脑子已经转不过来了。

"去警察局辨认尸体，他们叫你去认领尸体。"

"好的，"我说，"不过我得带上随身物品，还要再打一个电话。"

我得先给伊莎贝拉打个电话。当然，这会儿通知她已经太晚了，当他们说死者身份已经得到确认的时候我就该想到，警方肯定已经第一时间通知了伊莎贝拉。我这才意识到，待在这里的人应该是伊莎贝拉，应该由她去认领她儿子的尸体而不该是我，我不过是死者的前妻罢了。

有个警察着急地清了清嗓子，似乎在说，他们等得够久了，他们的同情心和忍耐是有限的。我又重复一遍："让我回房间拿点东西，快速打个电话，随后就跟你们走。"他们点头。

站在床边，我犹豫着要不要拨出电话。警察还在楼下等着，可这根本不是一两分钟就能说清楚的事。我不知道也不敢想象要怎么说出那句话——"伊莎贝拉，有个坏消息要告诉你。""伊莎贝拉，大事不好了……"

我猜，假如我泣不成声，甚至歇斯底里地跟她说这件事，或许会容易点。伊莎贝拉大概会安抚我的情绪，劝我冷静下来。如果我俩同时情绪失控，伊莎贝拉肯定会首先强迫自己冷静下来。我犹豫再三，最终还是没打。我告诉自己，再给她几小时，至少，在这通电话拨出之前，她的世界还是完整的、正常的。这是个既仁慈又残忍的决定。她肯定想第一时间知道这个消息，换作我也一样。

我回到大厅时，一名警察已经走了，另外一名警察和科斯塔斯还站在那。我们离开时，科斯塔斯说："警方会派车送你回来的，有可能会安排一位警员载你回来。不过如果你到时候遇到什么突发状况需要帮忙，随时可以联系我。"他递给我一张名片，上面有他的移动电话，然后继续说："看样子你今天走不成了，我会帮你打电话给航空公司，把票退了。家属去世这种情况，他们也会理解的。"

我向他表示感谢，随后急忙走出酒店。就在我和科斯塔斯说话的当儿，另一位警察也出去了。警车就停在门口，最先出来的那名警察站在车轮后。他们已经发动了引擎。先出来的那位警察孩子气地坚持要坐后面，叫我坐副驾驶位子，大概他考虑到，如灵我坐后面的话，那画面就像在羁押犯人去接受审讯似的，恐怕会引来路人的驻足围观，而我还会被看成一名罪犯。

于是就这样安排了，我坐在前面，旁边的警察安静地开车，坐在后面的警察盯着靠枕出神，偶尔瞟一眼窗外。我心中没有罪恶感，也感觉不到悲伤，只是觉得难以置信，这种事居然真的发生了。以前我连想都没想过的事现在却变成了现实——已经发生了，所以是现实。然而，就算它发生了，你还是觉得这事不可能，不敢相信它已经发生了，就像你不敢相信自己会在一次正式演讲中口吃一样。

与此同时，我一直在纠结一件事。虽然出于种种现实原因，我现在不得不去认领克里斯多夫的遗体，可我心里清楚，这事由我来做并不太合适。我必须要找个人说出实情——当然不是跟这些警察说，毕竟从法律意义上来说，我还是克里斯多夫的妻子，在眼下这种情况下跟陌生人解释我们婚姻的真实情况是一件丢脸的事——以我现在的身份实在不适合来处理克里斯多夫的后事，我简直就是个大骗子，或者说至少我是在操控一场骗局。总之，我得赶紧给伊莎贝拉打电话，我要告诉她我和她儿子早已协议离婚，这样一来，所有的事就自然而然落到她头上了，比如安排葬礼、运送尸体，等等。

　　警车开进了警局。这是一座单层混凝土建筑，外面有许多警犬，用链条拴着，非常凶猛，不难想象它们挣脱开绳索扑咬的样子。车子在减速，外面的警察转过头来看我，我立刻移开视线。我感觉自己在扮演悲情寡妇的角色，然而，假如我真沉浸在失去丈夫的悲痛中，我是不会有这种感觉的。真实的我和我所扮演的角色之间有着某种细微却又十分明显的差别。

　　一位警察跑来为我开车门。我下了车，此刻天空阴云密布，可能要下雨了。警察示意我跟着他进楼去。这栋楼很小，我在想他们会把尸体停放在哪里，这么小的地方怎么建停尸房呢？我跟着他们走进警局，他们非常礼貌，跟航空调度员似的朝我挥手，似乎我是一艘即将驶进狭窄港口的巨舰。这群警察原本还是一脸忧虑，见到我以后都如释重负——终于有人来接手了。

　　警局里空荡荡的，墙上贴着几张海报。海报上的字是希腊文，图案模糊不清，我根本读不懂。头上的灯光忽明忽暗，扑闪扑闪的。等候室里摆着两排塑料椅，由于长年使用，座椅已经歪斜了。等候区里空无一人。当然，这里不可能没有事故发生，单是那场火灾肯定就引发了很多案件——人口失踪，辨认不出的尸体，哀悼会。他们把我带进一间小型办公室，一位男士站起来迎接我。他几乎没有自我介绍，只是站在那里，然后直接示意我坐下。

　　我坐下后，他回到自己的座位上，在一堆资料中飞快翻找，好像同时还有别的事在忙，看起来有点烦躁。不过这种情绪可以理解，毕竟他肩上的担子也不轻——尽管单就这间办公室所办理的业务内容来看，来这里的人明显需要他的一些个人关怀，可对他个人而言，这些不过是每天都在重复的工作罢了，他不能让自己每天都活在接连不断的危机之中，这项工作要求他们时刻保持冷静，控制住自己的情绪。

　　　　　　　　　　o----------o

　　老实说，警局里的气氛太压抑了，死气沉沉，根本不像你在警匪片里看到的那样，有形形色色的人物和充满人性的剧情，这里什么也没有。

　　终于，当值的警察抬起头，叫我拿出护照。刚才酒店那俩警察并没有通知我带任何证件，不过幸好我随身带来了。我一边把护照递给他一边解释说："婚后我没有改姓，用的是自己本来的姓。"

　　他点点头，似乎并不在意，拿着护照站起来，说："稍等，我马上回来。"

　　我坐在椅子上，将手插进衣服口袋里，又想起还没给伊莎贝拉打电话的事，她到现在还不知情呢。我周围的人，在这个房间里的人，都知道克里斯多夫遭遇了不幸，可伊莎贝拉却还对这件事一无所知。虽然死亡已被证实，但还没四处传开，就连我也是一个多小时前才从警察那里得知这个噩耗的。

　　警察拿着笔记本电脑和我的护照回来了。他将电脑打开，放在我面前。

"你的护照。"他说。

"谢谢。"我接过护照。

他将电脑往后挪了几寸，然后坐在桌边，指着电脑说："我给你看几张图片，你确认一下这是不是你丈夫。"

我明白我要先看完这些照片，之后才能看到真正的尸体，他们这么做是想让我提前有一个心理准备。这就跟打针前护士先用酒精棉签给你擦胳膊时轻声安慰的做法一样。殊不知，这种做法适得其反，只会增加病人的心理负担。

"看图片对我来说更折磨，"我对他说，"不如直接带我去看尸体。"

他摇摇头，似乎不知道怎么用英语表达他的意思。

我说："不好意思，我不会希腊语。"

他又摇摇头，再次指了指电脑说："只是些照片。只是些照片。"

某一刻，我甚至怀疑是不是尸体失踪遗失了，要么就是被谁毁尸灭迹了。所以只留下了这些图片资料——假如真是那样的话，这无疑是噩梦的延续。接着我才明白他的意思，他是想说，这些图片是用来辨认尸体的，尸体停放在别的地方，并不在这。

"准备好了吗？"他问。

我点头。事情跟我预想的不一样。这太奇怪了，仿佛每件事都让我出乎意料——我连想都不敢想的事，却偏偏在现实中发生了；来之前，我本来已经做好看尸体的准备了，现在警察却只叫我看照片！我觉得这样对待死亡实在太过简单草率了。死的时候，他是一个人，死后他又孤零零地躺在停尸间，除了相机外没有任何人为他的死亡做见证。

想到这些，我的心为之一震，差点哭出来。警察按下启动键，打开了电脑，电脑桌面上没有任何图标，壁纸都是保留的出厂设置。他皱了皱眉，点开了一个文件夹。文件名是希腊文，我看不懂，不过我猜用的应该是"尸检""序号"或"照片"这类词。他滚动鼠标，在五六十个文件夹中搜寻。等待结果的时间有点长，这时他哼起不成调的曲子，手指停在鼠标上。

或许最近几周发生了不少死亡案，火灾肯定夺走了许多人的生命。我不敢想象，如果打开那些图片会看到什么。警察满意地"哼"了一声，照片找到了。他直接点开了——毕竟，先前他提醒过我了——屏幕上立刻出现了克里斯多夫死后的样子。他的头下沈着一块金属，大概是法医工作室的验尸台。我的全部注意力都转移到照片上，死死盯着屏幕。警察识相地别过头去，给我留出私人空间。过了一会儿，他清了清嗓子，我抬起头，被吓了一跳。

"所以……"

我的目光又落回照片上。没错，照片里的人就是克里斯多夫，但是我快认不出他了。也就是说，那个人就是他却完全不像他。我从没见过他这副模样——一只眼半睁半闭，另一只眼紧闭着——事实证明，他死后，既不是惊恐地瞪着双眼，也不是紧闭着眼睛。我觉得很可怕，竟然没有人愿意替他合上另一只眼睛——张着嘴，似乎被暴力的袭击吓到了。遇到暴力袭击时，克里斯多夫和我们一样害怕，甚至可能比我们更恐惧。

生活中，我们很少见到这样不经修饰的面孔。这是人死后最真实的模样，跟我们在葬礼上见到的死人的面孔完全不同。葬礼上，死者的脸是经过修饰和美化的，脸上的感情没了，所以看上去远是那么容光焕发。"他看上去像是睡着了"，这是多么常见的说法，这是在掩盖死亡的事实。睡眠是处于活着与死亡、存在与消失之间的状态。但这句话还有其他意思，现在我懂了，这是在假装克里斯多夫的死亡之旅（走向死亡的过程）是平和的，没有痛苦的。当然，事实绝非如此，甚至恰恰相反。

克里斯多夫的脸上布满恐惧，根本不像是熟睡中的人。恐惧让所有面孔变得愚蠢，掩盖了聪慧、迷人、幽默、善良等品质。而根据这些品质，我们才能了解一个人并爱上对方。然而，面对死亡，谁不害怕呢？正是因为这个原因，我才无法立刻确定这就是克里斯多夫。这个人是他却不像他，他的表情让人感到陌生，甚至连五官都跟那个与我结婚五年，现在仍是我丈夫的男人判若两人。

警察向前坐直，又点开了文件夹。见我回答不上来，他肯定以为我需要再多看几张照片，就好像其他照片里的内容跟这张照片里的不一样似的。正如我刚才看到的，死亡把人变得面目全非，我举起手阻止了他。这明显就是克里斯多夫，可是就算再多看几张照片，我的感觉——这不是他，只是和他长得相像的人，或是我的错觉等等——还是不会改变。

"这是他，"我说，"是克里斯多夫。"

我用"这"而不是"他"指克里斯多夫。"他是克里斯多夫"，这话听起来很别扭，我说不出口。更何况，图像跟真人是两码事。照片只是由像素构成的画面，保存在电脑里的文件，与真人有本质差别。

我不想看尸体，但又不忍心就这么回去。突然，我觉得我至少应该问一句。

"尸体放在哪呢？"

我不能问"他在哪"，这听起来像在否认事实。而"尸体"这个词却表示我接受了这件事，至少是承认了死亡的发生。我的丈夫已经走了，如今只剩一具尸体，尽管那具尸体并不是他，只是和活人相似的一个东西。

还没等我说完，他就已经停下了手里的活。看来他并不想看图片，虽然这是他的工作，但并不意味他要享受这个过程。

他耸耸肩说："在隔壁。"

这是个严肃的问题，他却回答得轻描淡写。

"隔壁，"我确认道，"尸体在隔壁？克里斯多夫在隔壁？"

他又耸耸肩，随意地朝大厅的方向指了指，似乎尸体不是固定停放在哪里，而是到处移动的，从这一间移到那一间。

"你想看尸体吗？"他问。

虽然我有所准备，但真被问到这个问题时还是有点错愕。当死者的妻子不能接受只看图片，主动问起尸体在哪时，警察当然会这么说。

我迟疑了，并不是因为我容易受到惊吓——当然也有这方面的原因，光看照片，我已经觉得煎熬——而是因为我怀疑自己有没有这个权力。这件事是否应该由别的女人（比如伊莎贝拉）或者其他人去做。自古以来，留在死者身边的通常都是女人，比如抹大拉的玛丽亚、安提戈涅、凯普莱特^①等。

克里斯多夫已经离开人世，他遭遇的事情是他的隐私。我们内心都有对方不曾进入的地方，我们应该尊重对方的私密，而还有什么比死亡，尤其是这种非自然、暴力下的死亡更私密的事呢？这难道不是我们本知道不应该围观杀人案和车祸现场的照片，而当我们忍不住伸长脖子围观蓝布下穿着鞋子的脚时又会对自己充满鄙视的原因吗？会有这种反应不

---

① 分别是《圣经》中被耶稣拯救的妓女，希腊神话中俄狄浦斯之女和《罗密欧与朱丽叶》的女主角。

仅仅是因为我们害怕尸体，还因为我们窥探了陌生人的隐私，看到了不该看的事。

我如何知道克里斯多夫是否愿意被我看到他这副斜瞪着眼睛、张着嘴巴的模样呢？克里斯多夫爱面子，讲究体面，想到这种死法我都替他感到羞耻。我如何知道他临死前是怎么看我的？然而，总要有家属去辨认尸体。我还没通知伊莎贝拉，她还在伦敦，就算她马上出发，最快也得明天才能到，而尸体停放 48 小时后局部就会开始腐烂，即使道德品质再坚强的人看到恐怕也无法承受。不，尸体不可能等那么久。

"好的，"我说，"走吧。"

警察抬起头，微怔。他点点头，接着从口袋里摸出一套钥匙。

2 他的私隐

克里斯多夫曾有过多少情人呢？被我发现的有三个。考虑到我们的婚姻，我假装他只出过三次轨，出轨次数是有限的。可是，对于这样短暂的一段婚姻来说，三次出轨，而不是一次两次，难道不严重吗？但我心里清楚他肯定还有别的女人，说不定有很多个。

◆

　　我在克里斯多夫的遗物里发现了一本过期的《伦敦书评》副本，是从那年的六月份开始收录的。这事并不奇怪，以前我们住的地方总是堆满各类过期刊物，常常连浴室里都放着一年前的期刊。那本他特别收藏的《伦敦书评》上刊登了几篇很有意思的文章，我猜克里斯多夫肯定都读过而且很喜欢，所以他把这本杂志带到了希腊，也可能在飞机上就翻看过。

　　总之，他随身带了许多读物。他的手提箱里装满了书、杂志、笔记本和文件，看样子他准备在这儿待上一段时间，或许打算在本次旅途中完成他的书稿。当时我还没有打开过他的电脑，也没有看过他的文件和未出版的手稿，不过他的代理人、编辑和伊莎贝拉（当然，伊莎贝拉也参与其中）都委托我做这件事。一开始我对这个要求是拒绝的，因为我认为这好像是在偷窥克里斯多夫的内心世界，侵犯了死者的隐私。可是最后我还是妥协了。

　　对我来说他的电脑很熟悉，婚后我每天都能看到克里斯多夫用它工作。当我最终打开他的电脑时，我突然感悟到，死亡总是来得那么突然和意外。至少我的感受是，死亡代表生命的突然消失，总是留下很多未完成的事情。这一点从克里斯多夫的电脑上就能看出来，他的电脑桌面上杂乱地放着各种文件和文件夹，至少有上百个不重名的文件。有些文件命名奇怪，比如"他人的工作""互联网"等——一般来说，我们会不假思索地用"账户""文章"等一目了然的名称作为文件夹的名字——但是，有的文件夹，就像"垃圾桶"，我们根本不记得里面有什么内容，更不会想到某一天会有另外一个人又把它们翻出来。

这会儿我正在垃圾桶里淘金，代理商、编辑和伊莎贝拉要我打开他的电脑，看看是否有一份即将完成的书稿。之前我并不知道克里斯多夫答应出版商在六个月内交稿，结果他去世后不久就超过了截止日期。关于克里斯多夫的工作和这本即将完成的书，我之前跟伊莎贝拉撒了谎，没想到我的谎言竟然成了真，或者说，至少克里斯多夫和我撒了一样的谎。没有找到稿子，但我在他的电脑里有了新发现。这些大概是他永远不希望被我知道的秘密，比如说有个文件夹里专门搜集了从网上下载的色情图片。

从表面上看，他并没有什么特殊癖好，既不是暴力变态的色情癖，也不收藏同性色情片，或浏览色情网站。我听过一个类似的故事，故事在最后得出了一个简单的结论：你从未满足过伴侣内心的需求，甚至根本不了解对方内心最隐秘的欲望和最生动的幻想；在某种程度上，你根本不是他要寻找的伴侣，他的心总在别处，全然不在你身上，这就使得你的性生活变得既卑微又屈辱，因为他一直对你视而不见，或者说全然无视你的存在。

我和克里斯多夫之间并不是这样，不过在点开图片之前我还是有点紧张。我点开了四五张图，心怦怦直跳。这些图片在色情图片里算不上特别下流，也不是特别私密——对色情图片的喜好代表着一个人普遍的性欲喜好，由此可以看出，克里斯多夫似乎和广大男同胞一样，都喜欢多个性伴侣，想在床上尝试不同花样——好几个文件里都是"两女一男"的图片。这个发现并不让我感到惊讶，相反，他的这种嗜好我早亲眼见识过。

大多数图片的质感很差，灯光过于耀眼，背景低俗奢华。拍摄时通常会选择一间大卧室，卧室里放着仿皮革沙发和玻璃钢化家具。图片里的女孩虽然漂亮，却比不上普通的艳星，妆容非常难看，毫无美感可言。不过她们在镜头前倒表现得游刃有余，就像专业莫特一样。这也跟我们所处的时代有关，现在我们整天都在拍照，而且不分时间、场合，吃早餐、坐火车、照镜子时，随时都在拍照。结果，手机、电脑和网络上流传的照片并没有变得更加逼真自然，相反，摄影技巧已经渗透到我们日常生活中的方方面面，就算不面对镜头，我们也要随时随地摆造型。

文件夹里有两张算不上专业却在业余水平之上的图片。照片里的女孩几乎全裸，身上只穿了双及膝运动袜。我没想到，克里斯多夫竟喜欢这种风格，不过，这个女孩确实年轻漂亮。

但是，图片中女孩的姿势早就过时了，网上色情图片里的女孩都用这种姿势，连表情都一模一样。不过，我知道这些图片能勾起男人的情欲。男人在寻求刺激时，才不管有没有新意呢，克里斯多夫肯定拿这些图片意淫过。除了获得快感之外，他下载这些照片还能有什么别的用途呢？

不过，当时或许并不是他一个人。我不禁开始想象那幅画面：他趴在电脑前，电脑光打在他的脸上。他的性欲被这些色情图片点燃了，接着回到床上，和正在卧室里等他或跟他一起看图片的一两个床伴痛快一番。当然，曾经有段时间，那个女人可能是我。接着，他们开始进入正题。但那些照片还在他脑中播放，肉体的刺激还不够，他必须要同时想着色情图片——比起网络上各种色情图片带给人的无限遐想，现实中的性经历常常令人失望。

不过，我打开他的电脑是好几个月之后的事了，可那本《伦敦书评》在他出事后不久就被我发现了，准确地说，就是在我刚得知他去世消息的那个时候。当时伊莎贝拉已经到达希腊了，看过尸体后，我在警察局给她打了个电话。

克里斯多夫躺在一个钢板平台上，从头到脚被白床单盖着。我明知道不该抱有期待，却还是万分紧张。我希望门打开后会看到不一样的画面，比如说床单盖到他的肩膀处，他躺在床上睡着了——我又想起来警察那句话，"他看上去像是睡着了"。

然而，他看上去根本不像睡着了。警察拉开床单的一瞬间，我发现他的表情跟照片上的表情一模一样。我的幻想再次破灭，这种时候，幻想总是显得愚蠢又迟钝。我以为他的表情会跟照片上有所不同，然而并没有，他确实是斜瞪着眼睛，张着嘴巴。他后脑上结了痂的伤口比我想象中的更大更深，而且那个伤口似乎还在恶化，看上去就好像他仍在忍受着疼痛，而且就在我面前。

我转过身，警察边拉床单边说："我猜你们不会在这里火化或埋葬尸体，大概要运回国吧？"

我点点头。事实上，我根本不知道克里斯多夫的想法，我不信他想过这个问题。

"你得通知大使馆对尸体进行防腐处理，越快越好，需要办理一些手续。"他说。

我答应了，告诉他这件事要等克里斯多夫的母亲来了再做决定。他转过身，满意地走了，并没问我为什么要等伊莎贝拉来，或许他觉得这种等待是理所应当的。

无论如何，伊莎贝拉一接到我的电话，就和马克搭乘最早的航班从伦敦赶过来了。起初，她在电话里的声音异常冷静，不久后电话里传来了她的惊呼声——"天啊，不"，接着很长一段时间都没了动静。我还以为她晕倒了，一直喊她的名字，过了会儿，马克接过电话，我只好把刚才的话又复述了一遍："克里斯多夫死了，他死了。"

电话里传来伊莎贝拉低沉、悲痛的抽泣声，我捂住嘴巴，忍住眼泪。突然，电话里传来"砰"的一声，似乎是伊莎贝拉晕倒在地上了。我闭上眼，说："我待会再打过来。"

"我会给你回话的。"马克说。

第二天他们就到了。我站在酒店门口迎接他们，看到他们面无表情地坐在汽车后面。他们到达时，时间才过正午，我猜他们肯定一路都在催促司机。伊莎贝拉下车后根本没有看我，而是先将酒店周围打量了一番，接着转过头望向远处的山脉和天空，似乎想知道到底是什么吸引她儿子到这来的。我站在大门口等着她，阳光很刺眼，我只好抬手挡在额前。当天气温下降了，我发现他们身上都穿着薄外套，看来悲痛之余，他们还是事先查过天气预报了。不过，太阳还是那么毒辣。

起初，伊莎贝拉一脸困惑地打量着这儿的一切——那种困惑，是一位漂亮妻子遇到下流情妇时所表露出的困惑，是不相信自己遭受背叛的困惑——后来，我渐渐发现，那眼神不是好奇而是恨意，同样是妻子对情妇的憎恨。我想她会一辈子憎恨这个地方的。我知道她一直恨我，因为我抢走了她的儿子。然而，她对我的恨意已经转移到新目标上了，因为这个地方彻底夺走了她的宝贝儿子。

我张开双臂迎上去。我们轻轻拥抱对方，小心翼翼地，仿佛我俩都是易碎品似的。伊莎贝拉说她晕车，肚子疼，觉得恶心，便让马克云找当地医生拿点药。科斯塔斯给他们安排了个套间，不过不是克里斯多夫之前住过的那间。我领她上楼，进了房间。

刚一进门，她就问："他来这儿做什么？"

我记不清上次我和她单独相处是什么时候了。此刻，她站在窗前回头看着我，那一瞬我发现，我们之间的主要联系就是那个死去的男人。当时，或许那本来就是事实。

"我不知道。"我说，"我来晚了，没能及时找到他。"

她摇头，嘴角的肌肉变僵了："肯定是为了女人。那家伙老是管不住自己裤裆里的家伙。"

我惊呆了，我从没听她说过这么粗鲁的话，更没听她用如此不堪的字眼评价过自己的儿子。她说话的语气就好像克里斯多夫还没有死，只是逃跑了，等他一回来就要给他点儿教训。我知道她这完全是在逃避现实。

她站在窗边，盯着窗外的水池，脸上没有任何表情变化。此时此刻，这个女人心中充满恨意。她恨眼前的局面，恨这个地方，恨她儿子已经离开的事实。她还无法接受这件事。她也恨克里斯多夫，恨他竟敢不孝地死在她前头，让她经历为人母者最忌惮的梦魇——白发人送黑发人。我不敢看她的脸，那张脸上布满未能言说的巨大悲恸，令我恐惧。我非常同情她的处境，但是她还在念叨，我真希望她能停下来。

"现在的人把那种病叫作'性瘾'，男人就算让自己出丑也要找女人。你知道的，年纪越大越好色，那种气喘吁吁的老头是最恶心的。"

"当然，发生这种事，你也有一定责任。"她说，"不过我没有怪你的意思，我了解我儿子，没有女人能管住他。"

说着说着她的眼泪就涌上来了，似乎不是在谈克里斯多夫拈花惹草的毛病，而是在谈他的死。不过，她又确实是在说克里斯多夫的风流病，她说得没错，没有哪个女人能阻止克里斯多夫的死亡。

"你们俩之间肯定出了问题，虽然克里斯多夫什么也没说，但是我感觉得到。"她顿了顿，继续说，"但愿他此次来这里没什么特殊原因。"

"他来这，"我说，"是为了做研究，完成新书。"

伊莎贝拉马上摇头道："书是借口，他从不把自己的工作当回事。他总是来去匆匆，把自己搞得很忙碌。他之所以这样，我猜是因为，只要他停下来就会发现自己的生活有多空虚。"

这不公平！虽然她非常疼爱克里斯多夫，但她从不把他的事放在心上。现在克里斯多夫人都已经不在了，她还是不认可他生前的理想和他死后未竟的事业。

伊莎贝拉并不看我。我说："他快完成手稿了（我撒了谎），全部章节我都读过（这又是一个谎言）。事实上，书里的内容和他在伯罗奔尼撒岛南部所做的研究是密切相关的（这句话听起来就更假了）。"

她没回应我，也许是没听见。她站在窗边，看起来像是世界上最悲伤的女人。

"不管怎样，"她目不转睛地望着大海的方向说，"你爱他。就算他有这些坏毛病，他也是带着我们的爱离开的。"

她没有转过来看我，或许她觉得没必要确认。在她看来，我爱克里斯多夫，这是确定无疑的。哪有妻子不爱丈夫的呢？就算丈夫犯再多错，妻子哪能不爱他呢？可是我犹豫了好一会儿才回应，不过她似乎并未发觉。

　　"是的，"我说，"克里斯多夫拥有很多人的爱。他是带着我们的爱离开的。"

　　"重点是你爱他，"她强调道，"妻子的爱是不同的，有重要意义。"

　　"难道比母亲的爱还重要？"话一出口我立刻后悔了，真希望能收回来。这位母亲才经历了丧子之痛，这种时候我何不大方一点呢？

　　她严肃地答道："当然，母亲的爱是最重要的。母亲的爱是无条件的，理所应当的。母亲的爱会伴随孩子一生，是不求回报的；而妻子的爱是需要回报的，首先要去争取，然后还要维系。"

　　她顿了顿，补充道："你没有孩子，大概体会不到。当然，我说这话没有恶意。"

　　"没错，我爱他，伊莎贝拉。他是带着我们的爱离开的。"

　　"嗯，有你这句话就够了。"

o----------o

　　伊莎贝拉的话还在我耳边回响，我已开始打包克里斯多夫的行李，以便他们把他的东西运回伦敦。之前酒店服务员把克里斯多夫的东西胡乱地装进箱子里，弄得一团糟，我不可能让伊莎贝拉来动手整理，此刻她肯定比我更痛苦——这不仅是因为她以自我为中心的性格，还因为我和克里斯多夫的关系早就变了，我们只是名存实亡的夫妻，我有什么理由悲伤呢？

　　我在他的行李中找到了《伦敦书评》的六月刊。这本杂志是打开的，翻开的页面上登着一些个人信息和房地产广告：果阿海岸殖民风住宅，距蒙特圣萨维诺数公里，自驾，住豪华度假别墅，提高生活品质。左下角书页有折痕，似乎被折叠了一段时间，有个用笔圈出来的方框，里头写着：

　　英菲得利提斯[①]：您的生活是否有点儿乏味无趣？要不要来

―――――――――

　　①　　"infidelities"（出轨）的音译。

一次约会帮您找回失去的特别火花？我们给您提供可选择的对象，远离网络搜索，打造专业的私人方案。尤其欢迎女性加入这一独特项目。若有意，打电话给詹姆斯私聊。

广告页最后给出了詹姆斯的固定电话和手机联系方式。

读第二遍时，我发现作者的文字功底非常差。"有点儿乏味无趣"换成"了无生趣"，"特别火花"改成"火花"不是更好吗？像这样的广告，登在别的杂志上倒无可厚非，可《伦敦书评》的读者大多是有文化、有思想的知识分子，在这上头刊登这样的内容就有点儿尴尬了——这则广告语法完全不通：一方面，广告读起来就像给银行或投资机构写的提议，比如说"方案"这个词就是败笔；另一方面，它听起来又像是一场"自由恋爱实验"，为什么非要用"独特项目"和"可选择的对象"来描述呢？

我将杂志铺平，气得手都在发抖。广告最后竟然还劝导读者打给詹姆斯"私聊"，这是最令人费解的地方。关键是，他们还把手机和固定电话联系方式都给出来了。我估计那个詹姆斯随时都在等电话，一有电话打来，他就会立刻放下手头的事，跟客人进行一番友好的谈心——一方面标榜自己"专业""私人订制"，另一方面又承认这只是一次"友好的聊天"，这种前后矛盾的说法只会让人看了徒增烦恼。

克里斯多夫的代理人也叫詹姆斯。这个詹姆斯是出版界的名人，年逾六十还风度翩翩，估计是那个"詹姆斯"望尘莫及的。不过，他们提供的服务却很相似，都是某种需要细心、同情心和专业度的私密服务。我开始想象那位慈祥的代理人就是广告里的"詹姆斯"，或许正是他在电脑上写了广告词并发给了《伦敦书评》的广告部，此刻正等待电话打来。这个荒诞不经的想法让我忍俊不禁。大概克里斯多夫也注意到了这个名字，所以才用笔把它圈了出来。

但是，这种"出轨"服务能给克里斯多夫这类顾客提供什么呢？他们是情场高手，不需要任何介绍人牵线搭桥。在他身上碰巧就发生了这种事，就像有些人刚好患上抑郁症一样。但是，谁会注意到这则广告呢？这个"项目"能提供什么？克里斯多夫更需要有人帮他安排约会地点和照顾情人这种管理类的服务。要知道，调解私事是个令人头疼的工作，你不但要搞清状况，还要整理日记，隐藏证据。

没错，假如詹姆斯提到我上面所说的这些服务的话，这则广告肯定会更成功的，那才能做到真正的"私人订制"。（这则广告想给人一种高端、精致的印象，结果却只能给人庸俗不堪的感觉。）或许，克里斯多夫会打电话过去，说："你好，我需要你的'私人帮助'。确切地说，需要你帮我解决一些'私人问题'，它们简直令我头疼。"这时詹姆斯就会给出一些有用的建议或提案，帮他解决出轨时遇到的难题。他可能会建议克里斯多夫再给情人打个电话，或及时给对方买个结婚礼物。

　　最重要的是，这个善良、体贴的神父会原谅他的出轨行为，我知道这才是克里斯多夫圈出这则广告的真实原因。然而，他不需要真的给这个詹姆斯打电话，对他来说，只要看到这则广告上面明目张胆的信息就够了。这则广告说明了，出轨的人有很多，甚至还有更多人，想出轨却找不到渠道。看到这则广告，他就放心了，觉得自己有出轨的冲动完全正常，虽然这种冲动超越了快乐，变成了更可怕的罪恶。最后，他就像《红菱艳》①里被迫跳舞的莫伊拉·希勒，走向不幸的

----

　　① 莫伊拉·希勒主演的歌舞电影，改编自安徒生童话。

命运，再也感受不到快乐和喜悦。

克里斯多夫曾有过多少情人呢？我想起伊莎贝拉的那句话："那家伙老是管不住自己裤裆里的家伙"。被我发现的有三个。考虑到我们的婚姻，我假装他只出过三次轨，出轨次数是有限的。可是，对于这样短暂的一段婚姻来说，三次出轨，而不是一次两次，难道不严重吗？但我心里清楚他肯定还有别的女人，说不定有很多个。"我没有怪你的意思。我了解我儿子，没有女人能管住他。"伊莎贝拉把克里斯多夫出轨的毛病看成绝症，怎么治疗都没用。

然而，我作为妻子却没有治好他。在这一点上，我不想为自己辩驳。现在我才明白，伊莎贝拉悲痛时表现出来的冷漠，莫名其妙说的那些刻薄话到底在针对谁。她最后肯定会怪到我头上，现在她就在责怪我，只是她自己没发现而已。想到这些，我的心紧了起来。克里斯多夫死了，我却和另外一个男人住在一起，对他出轨的事睁一只眼闭一只眼。没错，到头来，我才是那个抛弃他的人。

A
SEPARATION

3 伊莎贝拉

　　不过，伊莎贝拉似乎没有一点儿内疚感。她的悔意不是发自内心的，转瞬即逝。我坐在对面，看她用一口坚固的牙齿嚼着面包片、培根和鸡蛋。接着，她优雅地擦擦嘴，随手将纸巾放在桌上。我不懂她大吃大喝后为什么还非要摆出一副优雅的样子来，不过，做作又精致，这正符合她的性格。

◆

　　这难道正是我自始至终都没跟伊莎贝拉和马克说实话的真正原因吗？因为她那个早已暗含答案的问题——他是在爱中死去的；还是因为我感到愧疚，生者对死者的愧疚，连时间都无法减轻的内疚？甚至早在第一次去警察局时，我就知道我不会说出真相。就算我想过要说出来，也只是瞬间的冲动而已，我不可能真的告诉她。

　　确认过尸体后，警察说我可以离开了。走出警局，我看到斯特凡诺在等我。看来警察已提前打了电话，叫他接我回酒店。斯特凡诺跑去开车门，他一看到我脸就变红了。我走到车门前，他用双手握住我的手，低声嘟囔着一些安慰我的话。我听不太清，估计是说些"我听说了你丈夫的事，对此感到很不幸"之类的话。最终，他低下头，只说了句"很抱歉"。

　　我点点头。我知道他现在正处于一种矛盾的心态中。一方面，他发自内心地同情我——虽然我们只相处过几小时，连朋友都算不上，但是他有同理心，不可能感受不到我的悲伤；另一方面，他心中还有其他一些更复杂的感情，不能说是胜利的喜悦，但至少也有一点儿如释重负的感觉。当然，我不是在怀疑他的问候中带有幸灾乐祸的意味，我相信他是个感性的人。即使是理性的人，在面对死亡时，除了死亡本身的抽象意义外，也很难抱有其他意图。

有人欢喜有人忧，就算我内心很震惊，也明白这一点。我甚至在想，至少还有人能从这场灾难中受益。凡事皆有好坏面，就连最幸运的和最不幸的事也一样。我坐在汽车后座上，立刻觉察到了斯特凡诺的紧张心情。他不知道该说什么，不知道在失去丈夫的妻子面前该如何表现，在这方面，他毫无经验，跟他姑婆一点也不像。

"我不知道说什么，"他说，"我太震惊了。"

我点头，不知道怎么接话，我希望他别再继续说了。然而，他并没有停下来。

"他们发现你丈夫时，我刚好开车经过那儿。"他继续说，"当时我正在工作，客人赶时间，我就走了那条路，那是两个村子间往来最近的路。"

他说话时，我把脸埋在手掌里。我觉得头疼，脸颊发烫。

"我不知道尸体是在哪儿被发现的，"我说，"他们没有告诉我。"

"我开始没注意到那是你丈夫。"他赶紧补充道,"马路被封锁了,路边停着一辆警车,但是我没看到尸体。"

当他说道"尸体"二字时,那画面开始不自觉地在我脑海中浮现——蓝布下露出的腿,歪着的脚……

"后来我才知道那儿躺着的是谁,"他继续说,"我惊住了,简直不敢相信。他来这里快一个月了,之前他需要用车的时候,我送过他几次。"

他的话瞬间击中我的心,没想到此前的种种猜疑竟在此刻得到证实。我把手从脸上移开,努力回想斯特凡诺说过哪些关于克里斯多夫的话。其实他也没说什么,只是说他知道我在等克里斯多夫而已。我敢肯定,他没有说过克里斯多夫是他的客人,曾坐过他的车。可是,他不说我就想不到克里斯多夫曾搭过他的车,就坐在我现在坐的这个地方吗?这种同步性难道不会让他感到不安吗?如今克里斯多夫已经死了,他和斯特凡诺的关系突然变得很微妙,成了一个难解的谜。

斯特凡诺送克里斯多夫的时候知道玛丽亚和他发生过关

系吗？或许，克里斯多夫从特纳罗海角——这个地方看似奇怪，倒不是不可能，或许他坐车坐久了想去乡下散散步——回来后和玛丽亚约好在内陆的某个地方见面。斯特凡诺偷偷跟在玛丽亚后面，当场抓住了他们偷情的证据。等到玛丽亚依依不舍地离开后，他就从暗处跳出来，袭击了克里斯多夫。克里斯多夫对自己的生命掉以轻心，当场就被打死了。然而，谁知道这起事件究竟是一场意外，还是蓄意谋杀呢？

斯特凡诺似乎没发现自己说错了话。我想问他载过克里斯多夫几次，最近一次是什么时候。没准斯特凡诺还去汽车站接过他呢？当然克里斯多夫坐不惯汽车，所以那种情况不太可能。我猜当时克里斯多夫是刚摆脱了特纳罗海角的某个女人，正在寻找新猎物。我正胡思乱想着，这时斯特凡诺抬头看了看后视镜，似乎发现我正在盯着他。

我立刻躲开了他的视线，继续猜测他们之间的关系。克里斯多夫可能早就忘了斯特凡诺的名字，也许玛丽亚在他面前提过这个人，所以他有点儿印象，在车站里跟对方打了招呼。当然，玛丽亚提到斯特凡诺大概别有用心，想让克里斯多夫吃醋。不过，以我对克里斯多夫的了解，他绝对不吃这招。

也许克里斯多夫按名片上的联系方式给斯特凡诺打了电话。他们一路上有说有笑；也许克里斯多夫还跟斯特凡诺分享了自己的短途旅行经历，临终前的那几天他都做了什么。而我们对那些信息却一无所知。

斯特凡诺盯着前面的路沉默不语。这种猜测，更确切地说是这种幻觉让我喘不过气来。我突然发现这一切都只是我的凭空想象而已，根本没有真凭实据。如果他真是杀人凶手，怎么会告诉我他曾送过克里斯多夫，主动拉近他俩之间的关系呢？我可是克里斯多夫的妻子，与他关系最亲近的人。难道这正是他紧张之下的反应？我听说凶手有时是希望自己被逮捕的。

坐在汽车前座的他突然多了些神秘感，在他身上存在很多可能性。我曾见过他暴力的一面，但是，这能说明什么呢？大多数男人和女人都有这一面。胡乱指认凶手是一件很可怕的事，哪怕只是在意念里想象一下。一旦怀疑的种子在你心里扎了根，猜疑就会毁掉一切。我知道，我和克里斯多夫的婚姻就是被我无穷的想象力给毁掉的。但我控制不住地要胡思乱想。我坐起来，问斯特凡诺："你什么时候送过他呢？"

　　"他才来没几天的时候，就送过一两次而已。之后他就再也没叫过我了，我也不知道为什么。"他立刻回答。

　　他那种实事求是的语气听上去很自然，似乎并没有隐瞒什么。他肯定在想：这种时候最好保持沉默，别去打扰受到惊吓的女人。我盯着他的脖子和握住方向盘的手，又开始想象他杀人的画面。想着想着，一种毫无防备的感觉涌了上来。不管他是不是凶手，他的生活从克里斯多夫出现的那一刻起就被打乱了。不得不承认，我有些同情他。我的生活也被打乱了，我们在这一点上同病相怜。我沉默了。之后我们一路无话，直到平安抵达酒店。

◦----------◦

　　伊莎贝拉和马克到达希腊的第三天，我和伊莎贝拉一起吃了顿早餐。我到的时候，她已经在露台角落里的一张桌子前坐好了。她坐的地方能够看到全部海景。她背对着我，一动不动地坐在那里，僵直的身体看上去像一尊雕塑或木刻品。她肯定已经疲惫不堪了，当她转过头的那一刻，我看到了她嘴角和眼睛周围的皱纹。不过她那张精致的脸依旧紧绷着，大概是因为性格强势的缘故，看上去一点儿也不显老。

"让您等了很久吗？"

过了一会儿她才回答："不，不久。没关系的。"

她回过头看我，我在她对面坐下，然后叫了杯咖啡。她面前的杯子已经空了，服务员问她是否还要一杯，她点点头，没看他。等服务员走了，她才抬起头望向我。

"我为昨天说的话向你道歉。我真不该那么说克里斯多夫，马克知道后对我大发雷霆。"

有那么一瞬间，她在向我撒娇，似乎在叫我想象他们夫妻争吵的画面，跟餐馆剧院里演的女性服从男性权威的剧情差不多。但据我对马克的了解，他不是那种喜欢骂人的人。

在刚才那几秒里，她竟忘记了痛苦，跟我开起了玩笑。然而下一秒，她的好心情就消失了。她皱了皱眉，双手交叠在大腿上，故意表现得端庄得体。很明显，她是后悔昨天在冲动之下说了那些话，现在想挽回自己的形象。

"那些事不是真的。当然，你肯定连听都没听过。"她意味深长地说。

　　但我知道那些假的、我不知道的事并没有什么意义。我
怎么知道是什么事？再说，如果事情是假的，我又何必知道
呢？或者，她的意思是，我从没起过疑心，没听到过任何谣言。
她看上去很疲倦，昨晚肯定没睡好。我侧过头，不知道该说
什么。

　　"哎，不说了。"

　　伊莎贝拉和马克肯定有事瞒着我。当然，我也有事瞒着
他们。假如他们真在对我隐瞒了什么，我肯定无法原谅他们。
我不知道该怎么告诉她，说我这几年来都是睁一只眼闭一只
眼，很多事都不过问，直到最后连我自己都骗不了自己。这
里存在一个争论。没错，一些人觉得一夫一妻的生活违背人
性，但是很多人都能做到，至少都努力过了。但是克里斯多
夫呢，他努力过吗？或许吧。不过现在再争论这些已毫无意
义，都过去了。

　　不过，伊莎贝拉似乎没有一点儿内疚感。她的悔意不是
发自内心的，转瞬即逝。

　　服务员端来一个大托盘，上面放着切片面包、橙汁、荷
包蛋和培根，这些都是伊莎贝拉点的。我本以为她心情悲痛，

没有胃口，没想到她的体质跟大多数英国人一样好。

这么多东西，正常人吃都多了，更何况是她这种心情悲伤的人呢？我坐在对面，看她用一口坚固的牙齿嚼着面包片、培根和鸡蛋。接着，她优雅地擦擦嘴，随手将纸巾放在桌上。我不懂她大吃大喝后为什么还非要摆出一副优雅的样子来，不过，做作又精致，这正符合她的性格。

"你觉得他们多久能抓到凶手？"

我一下子被问住了。至今为止她还没提过调查的事，也没有提到她儿子被人杀害或者实际上是被人谋杀的事实。她努力让自己的语气变得乐观，反倒显得更虚弱了。一般来说，这种情况下，是很忌讳在死者的家属面前提到跟死亡相关的词的，不过克里斯多夫的死比较特殊，是一起暴力事件，一桩谋杀案。

"不知道。"我答道。

"你在警察局时，他们怎么说的？"

我这才意识到我忘了问调查的事了，当时我竟然什么都没问。这么明显的疏忽，连我自己都不知道是怎么造成的，就更没法跟伊莎贝拉解释了。

"你觉得他们多久能抓到凶手？"

一提到凶手，我又想到斯特凡诺。他有仇恨克里斯多夫的理由，而且据他自己所说，他还搭载过克里斯多夫好几次呢。我猜伊莎贝拉不仅要查出真相，还要报复。舐犊情深，母亲狠起来是非常残忍的。她肯定也指望我和她有同样想法。

"他们没跟我透露太多，调查结果还没出来。"

"我知道，但他们总有锁定的嫌疑人吧？"

"没说。"

"也没跟你说？"

"我是去辨认尸体的。"

她深吸一口气，整个人瘫在椅背上。我伸手去扶住她，她的手臂比我想象的还瘦弱，隐藏在宽大的衣袖里。你根本看不到她的手在哪儿，只看得到漂亮的衣袖。她瘦得惊人，我用手指就能握住她的手肘。过了一会儿，她伸出手，紧紧抓住我。

"亲爱的，当时的场景一定很可怕吧。"

"可怕"这两个字并没有什么特别含义，但是她说这个词的时候声音特别虚弱。我想的没错，叫这位比我年长的女人看她儿子的尸体实在太残忍了。现在轮到我感到内疚了。刚才我为了转移话题故意提到尸体，这么做太卑鄙了。

伊莎贝拉清了清嗓子，把手从我手中抽出。这个暗示再明显不过了，我也赶紧把手收了回来。

"在眼前这种情况下，马克显得格外重要。毕竟这是希腊，存在着严重的性别歧视，在这里任何男人都比女人更有用。"

她突然变得善解人意起来，眼神中甚至还流露出了母爱的温暖。可能是我悲痛不已的模样让她以为，是自己刚才的问题勾起了我对亲眼见证自己丈夫尸体那一幕的痛苦回忆。这样的情感转移，让她从巨大的丧子之痛中暂时解脱出来，从我的痛苦中她得到了些许安慰。

"我们都爱他。"她说，"不管发生什么事，在这一点上，我们的感情是一样的。"

按说这是一个很私密的话题，但她说话时并没有看我。她的视线越过我的肩膀，好像在看从我后面走过来的某个人。我还以为是马克或服务员来了，回头却没看见任何人。接着，她又转过身去，面朝大海，表情跟刚才一样令人捉摸不透。似乎，她觉得谈论爱和克里斯多夫时就该露出这种表情。

"我们怎么处理尸体呢？"

我不想使用"尸体"这个词，但我找不到更合适的说法，我无法将那具尸体当成克里斯多夫。这两者当然不能等同。那只是一具腐化的尸骨，一种可怖的东西。当然，我也不想用这么粗鲁的词，如果有更合适的比喻，我会毫不犹豫地使用。

伊莎贝拉点点头。

"当然要把它运回伦敦。"和我一样，她用了"它"这个非人性化的字眼替尸体。她继续说："我决不允许在这里火化克里斯多夫，更别提把它埋在这儿了。这样做的目的是什么呢？这里对他来说没有任何意义。他阴差阳错地来到这个鬼地方，结果还遭遇了这种鬼事情。这个地方我绝对不会再来了。"

"我们得去一趟警局，还有一些手续要办理。"

她皱眉，然后说："我想最好还是叫马克去吧，由他去处理最好。我刚才不是说了嘛，希腊这个国家存在严重的性别歧视。"

刚说到马克，马克就来了。

马克身材高大，引人注目。他注重自己的外表，即使此刻仍然保持着那副英国人出游时的典型打扮——淡色亚麻上衣配草帽，似乎他是来希腊度假的，顺便处理一下克里斯多夫的事。他穿过露台朝我们走来，走近时我才发现他的脸上弥漫着淡淡的哀伤。我想象着他来之前在家里的场景。他肯定在家里忙来忙去，机械地打包行李。就在前一天，他们还无法想到也没有料到他们会来希腊。

行动对马克来说就是一种安慰。我太了解他了。来之前，他肯定在网上查了格罗妮美那的天气。他没听过这个地方，所以接下来他会查看地图。接着，他会拿出行李箱，然后放在床上，开始打包够一周穿的 T 恤、裤子和夹克，因为他还不知道接下来等待他们的将会是什么。

马克很有耐心，我猜他和伊莎贝拉可能会因为表达情感的方式不同而闹矛盾。我能想象他看到伊莎贝拉那副样子时的反应。他可能在心里想，或者甚至跟自己说：别人看了她那副样子还以为克里斯多夫是她一个人的儿子呢。跟着，他心中那个多年来一直挥之不去的疑惑又会再次冒出来：儿子和我没有一点相像的地方，外表全随他母亲，就像是从他母亲子宫里直接蹦出来的一样，跟我没有任何关系。

这个猜测并不是空穴来风。克里斯多夫说过，甚至连马克自己也曾这么说过。我当时在想，幸亏那个时代没有亲子鉴定技术，伊莎贝拉才逃过一劫。当然，就算有，马克也不会允许自己遭受这种高科技的羞辱。更何况，马克非常爱克里斯多夫，这一点在我第一次与他们父子见面时就发现了。

出轨那件事早就成过眼云烟了。当然，马克的心里不可能立刻释怀，他肯定经过一番漫长的思想斗争，想要离开伊莎贝拉，最后还是放弃了。至少就目前来看，他们是不可能离婚的。

但就算他决定留下来，向婚姻做出妥协，那件事仍然是他心中挥之不去的梦魇，困扰着他，也困扰着克里斯多夫，因为这关系到克里斯多夫的身世。

伊莎贝拉嫁给马克后，前几年对丈夫和婚姻是忠诚的，然而，在克里斯多夫五岁时，她出轨了。五岁的克里斯多夫已经能觉察到一些事了。

马克不相信伊莎贝拉是那时才出轨的，他怀疑她早就开始跟别人偷情了，那些证据就活生生地藏在他眼皮底下。他肯定多年来都在等某个男人的电话，想着那个男人或许会突然出现在家门口，来找回自己的亲生儿子。克里斯多夫的脸上突然显现出另一个男人的影子，一旦他看到那张脸上的标记就再也忘不掉了。

那个男人到底是谁？马克在怕什么？或许，马克怕自己再次遭到抛弃。伊莎贝拉曾抛弃过他很多次，甚至现在也随时有可能离他而去。不过，这些全都是我的猜测，真相到底是什么，我并不知道。伊莎贝拉是不会说的，除非临终忏悔时才有可能坦白。然而，克里斯多夫等不到那一天了，他永远都无法知道真相了。他的死来得太突然了，让我们无法接受。我想象着马克独自站在黑漆漆的房间里，悲伤如洪水般袭上心头。他或许在感叹：人终究要死，而出轨这件事，在死亡面前是多么渺小和愚蠢。

但是此刻，从他脸上看不出任何情绪。他头戴一顶草帽，正朝我们走来，看上去有点疲倦和郁闷。我起身问候他，他友好却漫不经心地拍了拍我的肩，作为回应。接着，他挨着伊莎贝拉坐了下来。

"可惜我们吃完了。"伊莎贝拉说。

"没关系，我不饿。"

"吃点儿吧，吃了东西才能保持体力。"

他没理她，直接浏览菜单，一脸闷闷不乐。

不，克里斯多夫的死并不能愈合或短暂地拉近他们之间的关系。这么多年来，我从没看到他们心平气和地相处过。连外人在场时他们都这样不和，独处时二人恐怕会恶言相向。他放下菜单，招了拓手，让服务员过来。马克身上具有某种威慑力，对大多数人都能造成影响，可唯独在伊莎贝拉面前不起作用。她不屑地瞧了他一眼，转头面向大海。

o----------o

"我叫了辆出租车送我们去警局，"等服务员走了，他说，"我们得安排个时间。"

"我不想去，亲爱的，"伊莎贝拉说，"也没必要去。"

他盯着她，一晌兑不出话，似乎在考虑什么。最后，他无可奈何地说了句"好吧"，然后转过来问我："你去吗，还是我一个人去？我自己去也没关系。"

我发现他上衣的扣子扣错了，衣服口袋周围起了褶子。

一个对外表吹毛求疵的男人不应该犯这种错，可见他穿衣服时是多么手忙脚乱，连镜子都没空瞧。我尴尬极了，那感觉就好像他在搂着我的脖子失声痛哭。服务员给他端来咖啡、一小杯热牛奶和一碗糖，他点了点头，以示回应。

"我跟你一起去。"我说。

他抬起头，充满诧异。

"好的，"他说，"太好了，谢谢你。"

他探身向前，双手捧起杯子，弯腰喝了口咖啡，他衣服上的褶子更明显了。我发现他的手掌宽大漂亮，指节修长有力，跟克里斯多夫的手完全不同。伊莎贝拉肯定没有注意过马克的手，我猜她一辈子都不会注意这些细节。

"我们走之后你做什么？"马克问。

她耸耸肩，叹了口气，表示她还有很多事情要忙。没错，我之前的确说过，如果她想负责安排葬礼的话就尽管放手去做。在伦敦，她要讲究体面，我十分理解，再说这种事对我毫无影响。

听完我的表态，她一遍遍地抚着我的手说："这样最好。这种事你招架不了，很多人的联系方式你都不知道，我来做就容易多了。"

"我年龄比你大。"她补充道，"而且刚操办过这种事。"

她停住了，大概是想到了某位刚去世的亲人或朋友，或者一通传来噩耗的电话；也可能是某些间接的消息，比如一首哀乐，或报纸上的一则讣告。总之，人到了某个年纪就会不自觉地被死亡的消息包围。某一天，你可能从报纸上看到某个比自己小两岁的演员去世了，然而，你又怎能料到死亡会突然降临在自己儿子身上呢？她的注意力放错了方向，她一直关注的死亡提前降临在下一代身上。

"你必须让他们交出尸体，"伊莎贝拉对马克说，"越快越好。"

"他们要交出的时候自然会叫我们去领。"马克说，"他们做尸检了吗？克里斯多夫的头部有处伤口……"

"够了！"伊莎贝拉打断他，跟孩子似的捂住耳朵。现在根本不是表演的时候，不过，她这么做是有道理的。一旦她听到了克里斯多夫死后具体的模样，这种印象就会在她脑中定格，取代他原来的形象。在她印象中，他还是个孩子，他聪明活泼，朝气蓬勃，简直是她的心肝宝贝。假如她知道了克里斯多夫死后的样子，曾经的记忆就会淡化，取而代之的是他头上的那道伤疤和令一切都沉默无声的暴行。

她移开捂住耳朵的手，重复道："我们得尽快送他回英国。"

她的手在空中比画，指向餐桌、露台、大海和天空，说："现在，最糟糕的是尸体还留在希腊乡下的一个警察局里，只要我们把他安全送回家就好了，那样我的心里会好受一点。"

安全到家？然后呢？这个问题他们可能还理解不了，那就是，尽管每个人都有各自的心路要走，但任何一种悲伤都是痛苦的感受，而每种悲伤都会经历相似的过程。我们总以为每个人经历的悲伤是不同的，然而悲伤的实质相似，并无不同。伊莎贝拉和马克会带着儿子的尸体回到伦敦，他们会为他遭遇的不幸和短暂人生哀悼，可我呢？我该如何哀悼？为谁哀悼？丈夫，前夫，爱人还是骗子？我会感到悲伤吗？

A
SEPARATION

4 往事难忘

　　马克差点站了起来，他脸都羞红了。我知道他会有这种反应，不仅是因为警长当着我的面揭穿了克里斯多夫出轨的秘密，还因为克里斯多夫的背叛让他想起了伊莎贝拉的出轨史。克里斯多夫大概遗传了他母亲的基因，所以注定要出轨。

◆

　　斯特凡诺下了车，走过来向我们礼貌地问好，显得有些
害羞。他身上穿的 T 恤，纽扣已经掉了，脸上的胡子也没刮
干净。站在阳光下，他怎么看也不像个杀人凶手。我前几天
的怀疑顿时显得十分荒谬。我这才发现，他并不高，比克里
斯多夫矮，也没有克里斯多夫壮。容易激动的性格让他显得
形象高大，可若在现实中，克里斯多夫完全能打赢他。

　　我和马克站在酒店门口，斯特凡诺上来和我们打招呼的
时候，我明显感觉到马克变紧张了。"这种人就是杀害我儿
子的凶手"，我知道他心里在这么想。斯特凡诺给我们开车
门的时候，马克对他的反感似乎加重了。我简单地介绍他们
相互认识。斯特凡诺的表情变得越来越冷淡了，他死盯着马
克，在他眼里，马克不但是个自以为是、目中无人的外国人，
而且还是自己情敌的父亲。而马克跟对方握手的时候则露出
鄙视、惊讶的表情，表现出反感的样子。

　　马克和克里斯多夫这对父子有相像的地方吗？有人说他
们不像，我倒觉得他们有很多相似之处——都充满自信，谈

吐大方，自以为是。这大概是所有英国男人给斯特凡诺留下的印象。斯特凡诺为我们关上车门，然后坐进驾驶座。他从后视镜里偷瞄马克，露出戒备的表情，似乎在提防马克抢走他的爱人。

马克直接无视他，转过去看窗外，一副高高在上的样子。

"这儿发生过火灾吗？"他问。

我点头。他不可思议地摇头，盯着前面的路。回去之后，他可能永远都不会来这里了，也永远不会来希腊。因为克里斯多夫的事，这里对他和伊莎贝拉来说就是禁地。他望着周围烧焦的黑土，肯定觉得这儿跟地狱差不多。

警察局给人的印象恐怕也一样。这里办事的人比前一天多，不过给人的感觉还是那么懒散。有人坐在等候区里，似乎已经等了好几个小时了。有个男子安静地坐在角落里，看上去像是来报案的，因为他头部有伤口。没准他也遭到了抢劫。假如克里斯多夫当时还活着，肯定也会立刻赶来警局报案吧。马克盯着那个男人和他的伤口，大概想到了克里斯多夫，他往后退了一步，别过头去。

斯特凡诺坚持要等我们出来，他的好心却被马克当成了威胁和算计。马克沉默地走进警察局，斯特凡诺就站在车子旁边等着。我从斯特凡诺旁边经过时，他向我投来求助的目光，那目光里还隐藏了某种复杂的情感，让我觉得不安。

刚进大门，马克就问我为什么要出高价请斯特凡诺，而不叫其他司机，并且表示他并不想见到斯特凡诺。这时，正好警长走来了，我才避免了尴尬。我之前没见过这位警长。看到马克后，他赶紧迎了上来。伊莎贝拉说得一点儿没错，在希腊，男性果然比女性更受欢迎。

他向马克介绍了自己，虽然面向我们俩，但明显是在对马克说话。他想安慰马克，却被马克阻止了。一番握手和礼貌的"有请"后，他终于把我们领进他的办公室。警长还没开口，马克倒先坐下了，他问我们是喝咖啡还是白水。马克摇摇头，用手弹了弹上衣的灰尘，以示他的不满。他的手在颤抖，不自觉地摸着裤子上的线头。

警长在办公桌前坐下，拍了拍手，他的视线落在马克颤抖的手上。

"你们今天就可以带走尸体，我估计你们要把它运回伦敦。"

马克点头。

"尸体上飞机之前，需要做防腐处理，这是航空公司的要求。阿雷奥波利有家殡仪馆。"他在纸条上写了一个名字和一串电话号码，然后从桌子上递过来，继续说，"科斯塔斯会帮你们联系。科斯塔斯——就是你们入住的酒店的员工。"

马克接过纸条仔细瞧了瞧，然后将纸条折叠收好。

"我已经通知过英国大使馆了，他们肯定会问你们一些问题。"

"当然。这种情况肯定要。"马克说。

警长靠在椅背上，漫不经心地瞟了我一眼后又转向马克："最近几年，我们的预算特别紧张，中央政府陷入危机，我想你在报纸上看到了。"

"这跟克里斯多夫的事有关吗？"

局长颔首。

"跟你儿子的死无关，但跟这件案子的调查工作有关。也就是说，关系到能否找出凶手。我们估计凶手是个男人，当然也有可能是女人，事实上，还可能是团伙。"

他叹了口气，从椅子里坐起来，继续说。

"这里经常发生失踪案，甚至命案，但是很多时候，我们都无法找到凶手。这间办公室里装的，"他指了指墙边的金属柜说，"都是未结的案子。很多调查最后都不了了之。我们根本拿不出最好的破案记录。"

"克里斯多夫这事呢，难道也没有结果？"

"假如我早点赶到犯罪现场就好了，可惜当时我在希腊探亲。我们还没有找到嫌疑人。通常情况下，遇到这种案子，我们会先锁定当事人的妻子，但……"

他朝我点头，继续道："当然，这件事才刚发生不久，现在说这些为时过早。你放心，我们肯定会尽力，因为这同样也关系到我们的利益。你想，一个有钱的外国人在街头被杀害了，传出去肯定会弄得人心惶惶。我听到谣言说，这事跟一个女人有关……"

马克差点站了起来，他脸都羞红了。我知道他会有这种反应，不仅是因为警长当着我的面揭穿了克里斯多夫出轨的秘密，还因为克里斯多夫的背叛让他想起了伊莎贝拉的出轨史。克里斯多夫大概遗传了他母亲的基因，所以注定要出轨。他气的不仅是克里斯多夫的行为，还有克里斯多夫死后留下的烂摊子。

警长继续说："不过，我们对所有可疑的女性和她们的丈夫都做了调查，并没有获得新发现。凶手和你儿子大概没什么关系。"

马克的身体瞬间放松了，似乎他的儿子又活过来了。或者，这是我的幻觉？我转头发现他还保持着那个姿势。他并没有转过来看我，仍把我视若空气。

沉默半晌后，警察接着说："我只想让你们了解这件案子的进展，不知道你们是打算留在马尼，还是回国呢？坦白说，这件案子是无法马上解决的。当然，一旦有任何进展，我们会立刻通知你们。"他又顿了顿，继续说："现在，我建议你们先带他回去。"

马克的身体垮了下去，我正想伸手去安慰他，他却突然坐起来说他要和警长单独聊聊。我站起来说："我在大厅里等你。"他只说了句"时间不会太长"，说话时也没回头看我。我在门口逗留了两秒，他们面对面坐着，谁也没有看我一眼。

我在警方面前没有提斯特凡诺。这个嫉妒的男人可能是玛丽亚的丈夫或男友，至少是朋友或追求者，他也许是"解决这件案子"的关键。我知道他完全有理由嫉妒克里斯多夫，但我不能当着马克的面说这件事，那样恐怕会让他觉得我是在指控他儿子。毕竟，在这件事上克里斯多夫是有罪的。

但是，嫉妒跟罪恶并非一回事，我只要开口说出我的恐惧——我害怕的不是斯特凡诺杀了克里斯多夫，而是怕克里斯多夫死后，他的出轨行为还会继续带来危害——就可能毁掉这个男人的人生。因此，在行动之前我必须要慎重。我呆立在门口，甚至不确定自己到底知道什么。克里斯多夫和玛丽亚发生过性关系，但是他之后还和马尼其他几个女人纠缠不清。所以，我怀疑这里还有很多和斯特凡诺处境相同的男人。

回到等候区，我第一次意识到自己已经成了一名寡妇，失去了男人的保护。这完全是一种本能的原始感觉反应。在希腊警局的大厅里，我突然觉得自己是这个世界的局外人，站在男性世界的门口，渐渐消失遁形。

我在一把塑料椅上坐下，那个头部受伤的男人已经走了。我在想，他为什么不包扎好伤口再来报案呢？他应该先去当地医院或找个医生看看才对。当然，这儿可能没有医院。或者，他想立刻带上证据来报案。如果克里斯多夫当时也能来报案该多好。

我觉得克里斯多夫死得冤枉。当然，死亡都是不公平的，不过，有些人死得更惨。我无法想象警长暗示的那种结局：凶手是某个女人的丈夫或男友，是和斯特凡诺有相同处境、渴望复仇的男人。这种说法令我厌恶，不仅是因为克里斯多夫出轨的事，还因为这种猜测本身就不合理。假如某个男人被心爱的女人戴了绿帽子，因而起了杀心的话，他行动的时候肯定会带上刀或枪，绝对不会用石头作为杀人工具。

不，从一开始事情就很明显：他遭到抢劫，然后莫名其妙地死了。

但我估计马克还是会劝警察找到凶手，会鼓励他们继续调查，这种情况不是经常发生吗？我站起身，正准备进去，马克就出来了。他的表情很惆怅。

"走吧。"他说。我跟在他后面走出警局。刚一上车，我还没来得及阻止，他便说："他们会继续调查，但我对他们不抱希望。他们似乎没有负责人，一个都没有。我该怎么跟伊莎贝拉交代呢，她知道后会怎样呢？"

斯特凡诺在偷瞟我们，我知道他在偷听我们讲话。被我发现的瞬间，他立刻移开视线，假装盯着前面的路。不过我还是发现了他脸上一闪而过的复杂表情。很不幸，他的偷听也被马克发现了。马克猛地坐起来，吼道："你偷听什么，我儿子跟你有什么关系？"

我抓住马克的胳膊阻止他。他压制住怒火坐回来，开始呜咽道："伊莎贝拉会有什么反应？她会怎么做呢？"

他身材高大，加上汽车在颠簸，我只能尽力搂住他。他握住我的手，倒在我的怀里抽泣。我抬起头，跟斯特凡诺对视了一眼。我们面面相觑。他移开视线，盯着前方。

"玛丽亚没事吧？"我问。

虽然他没看我，但我还是从后视镜里发现了他的惊恐。

"她没事，"过了一会，他答道，"没事的。"

他看上去有点儿不安，被我问得心烦意乱。我继续偷瞄他。他倒不看我，盯着前方的路出神。前方路况不好，他确实该留意一下。

斯特凡诺心里明白，克里斯多夫的介入——就好像克里斯多夫是个幽灵似的，阴魂不散——只是一个外部因素，他和玛丽亚的关系之所以会变得越来越僵，几乎无法挽回，根源在于他那份无法被接受的爱。

我继续观察斯特凡诺，不知不觉我们已经出了村子，驶向酒店。马克的身体重重地靠在我的肩膀上。斯特凡诺听到马克的话后立刻露出如释重负的表情。这意味着什么呢？难道他知道警察找不到嫌疑人和证据后，觉得法网有太多漏洞，他就能逃之天天吗？回酒店的路上，正在开车的他会因为想到自己仍然是自由的而感到欣慰吗？

没错，他是自由的，他很快就会向玛丽亚重新发起攻势，有大把的时间追求爱情。玛丽亚现在正需要人安慰，斯特凡诺是最能给她安慰的人。如果他足够聪明，他就不会在玛丽亚面前诋毁克里斯多夫，而应当尽力展现出他的君子风度，他的善良、忍耐与宽容——一个正值盛年的男人离开了人世，这是多么可悲的事，我不希望任何人发生这种事。

假如斯特凡诺再多点耐心，不冲动行事——这是他最致命的缺点，不过他可能已经意识到了——玛丽亚可能会投向他的怀抱。虽然克里斯多夫和玛丽亚只是一两晚的床伴关系，但克里斯多夫死后，玛丽亚的生活肯定会陷入空虚。她对爱情、私奔有过的幻想，对这个神秘男人的激情全都消失了。

一个女人的爱情幻想，尤其是对死去的男人的幻想不可能维持太久。

接下来就是斯特凡诺大献殷勤的时候了。或者根本用不了那么久，只要玛丽亚下定决心，其他事便顺理成章了。或许，这正是玛丽亚犹豫不决的原因，她知道一旦向斯特凡诺做出让步，她就能立刻看到她的人生和全部未来。她还年轻，自然对已知的未来感到抗拒。

不管斯特凡诺是有罪的还是清白的，我知道此刻他正在忍受期待的折磨，而且他在极力掩饰内心的期待。他对未来只有一个愿望，虽然这个愿望最终可能会落空，但至少他离目标越来越近了。斯特凡诺露出同情的表情，因为马克正在后座上痛哭，但此时他的心里肯定激动万分。他向马克递来一张纸巾，马克擤了鼻涕，对我们说了声"谢谢"。

o----------o

我把难题留给了马克。他缓慢地走上楼梯，显然不想跟伊莎贝拉说调查的事。他不敢说出调查毫无进展的话，他害怕面对她的反应。伊莎贝拉听到这个消息后恐怕会歇斯底里，肯定不能接受这个结果。她会把马克怪罪一番，责备他连最重要的事都没办成，非得要他拿出个结果来——她就像唆使丈夫杀死国王的麦克白夫人①。这会儿，马克肯定希望楼梯永远没有尽头，这样他就不用面对伊莎贝拉了。

"只能这样了。"他说。我想确实如此。

但是，真的只能这样了吗？我犹豫半天，最终还是拿起了电话拨出警察局的号码。电话接通后立刻转接到了警长办公室。我没说我是谁，但他们听口音就知道了，这儿的美国人并不多。

他警觉地问："什么事？"

我说："我想提供一些信息，可能跟克里斯多夫的死有关。我听说你们在找一个女人，找他出轨的证据，所以……"

"所以呢？"他有点儿不耐烦地问。

话到嘴边我却说不出来。

"所以呢？"他重复道。

———————

① 莎士比亚戏剧《麦克白》中的人物，唆使丈夫采取残忍的手段登上王位。

"有人在特纳罗海角看见他和别的女人在一起。"我终于一口气说出了口。我想他应该听出了我的羞耻感。

　　"为什么不早告诉我？"他问。

　　"我不想当着马克的面提这件事，他对儿子的印象还不错。"

　　警长沉默片刻，说："我懂了。"

　　"不过，别担心，"他继续说，"我们调查过这位女性，他们只是普通朋友。克里斯多夫走后，她还留在那儿。她没有丈夫、兄弟，父亲也死了，不过有个男人证明了事发时她不在场。"

　　我沉默了。这些警察比我想象中厉害。这样看来，这件案子的希望越来越渺茫了，几乎找不到其他线索和答案了。然而，突然得知那个女人的消息让我更紧张。在这之前，克里斯多夫的这位情人对我来说是个谜，而现在我对她的了解变得具体了。我只需要开口询问，就能获知更多信息，比如问她的名字。现在我就已经知道了，她未婚，没有兄弟，没有父亲，住在特纳罗海角上，按照某些标准看，她过着淫乱的生活。

"我们常在书中看到'犯罪冲动'这个词，你丈夫……"警察顿了顿，"看似与当地居民相处得不错，不过，我认为那只是表象。"

"有人不喜欢他？"我脱口而出。

我们都默然。

"是的。"良久沉默后他说。

我只能重复那句话："我认为那只是表象。"

很快我们的通话就结束了。我刚放下电话，红色信号灯就亮了，是伊万打来的未接电话。我拨回去，他立刻接了。

"到底怎么了？我给你发了三条信息你都没回。"

"对不起。"

"你还好吗？"

"嗯。伊莎贝拉和马克来了，这儿有一大堆事要处理。"

"那是自然。"

"我想我们很快就回来了。"

"调查得怎么样了？"

"他们很可能找不到凶手。"

"怎么回事？"

"没有负责人。找不到嫌疑人和证据。警长的意思是调查工作陷入了瓶颈，叫我们别抱希望。"

他没说话，我继续说："从某些方面来看，事情就变得简单多了。如果凶手根本不存在，那么克里斯多夫的死就是由环境造成的，换句话说，都归咎于当时的情况就好了。"

我停下来，电话那头没有回应。

"嗯，我在听。"他说。

"好的。"

"继续说。"

"没什么要说的。"

"你打算怎么办？"

"我想，我做不了主。"

"你是他的遗孀，"伊万说，"是他的妻子。"

我不知该怎么回答。

"你没跟他们说，是吗？"

"我怎么开得了口？"

"你会说吗？难道你觉得不重要了？"

"我不知道。"

"从法律上讲，你还是他的妻子。"

"根据法律来看是没错，可根据其他……"

"其他什么？"

"我指我们内心的原则。我们要努力做正确的事。"

"根据我们内心的原则，那么……"

"我决定让马克和伊莎贝拉做决定。虽然我知道，他们一直对我是克里斯多夫的好妻子、遗孀这件事深信不疑。"

"因为怕他们会伤心失望？"

"因为我，因为我们，我们应该这样做。有些真相会打破他们的幻觉，一些他们有权利保留的幻觉，毕竟他们已经失去太多了。比方说，他们从未想过，白发人会送黑发人。"

"这么做是为了克里斯多夫吗？"

"什么意思？"

"我的意思是，这么做并不是因为伊莎贝拉和马克，是为了克里斯多夫吧？"他哽住，继续说，"克里斯多夫已经死了，你对他的承诺早就失效了。"

我沉默了，望向前方。

远处的酒馆里，一群男人面朝大海围坐着。天色渐晚，夕阳缓缓沉入大海，那些男人在纵情饮酒，似乎喝了好一阵了。从我这里看过去，那些人的脸是模糊的，不过就算看得清楚，我也不认识，毕竟我刚来不久，认识的人寥寥无几。我听到从那里传来阵阵笑声，他们在纵情畅饮。

"你还在听吗？"

"嗯。"

当然，他是对的。我曾经译过一本书，书名叫《夏蓓尔上校》，这本书主要讲丈夫死而复生后夺回财产和身份的故事。我翻译得并不成功，因为我发现很难译出巴尔扎克散文的独特风格，就放弃了原作的文体，直接把它翻译成了小说。故事的主人公夏蓓尔上校在拿破仑战争中被误认为已经牺牲了，他的妻子认为再婚是合法的，很快便携带财产改嫁他人，做了伯爵夫人。之后，上校回来，与妻子展开争夺财产和身份的战争，再往后就进入了叙事部分。

原著在感情上更倾向于上校，伯爵夫人被塑造成一个无知、肤浅、心狠手辣的女人。但是，翻译到后面，我越来越同情伯爵夫人了，以至于我担心这种个人情感会被我带到译文中。或许，或许巴尔扎克的写作意图就是想引起读者对夏蓓尔夫人的同情。毕竟夏蓓尔夫人不知道自己的丈夫还活着，她是在不知情的情况下才背叛丈夫和别人结婚的，她的命运是多么悲惨。

　　背叛让我联想到夏蓓尔这个人物。译者在翻译时总是力求忠实原文，事实上，要达到百分之百的忠实几乎是不可能的。因为忠实的表现方式有很多种，有形式上的忠实，有内容上的忠实，甚至有些忠实还是自相矛盾的。故事中，夏蓓尔上校的意外死亡而不是意外出现引发了忠诚危机，正是死亡挽回了那段关系，重新开启了一段尘封的记忆。

　　这难道不是伊万害怕的吗？他怕我们被淹没在废墟中，担心生与死之间没有不可逾越的界限，过去的人和事纠缠不休。重生的夏蓓尔就是鬼魂，不再属于人世，然而唯独夏蓓尔自己看不到这个事实，这便是他的悲剧所在。他是鬼魂，是"神圣的人"，即超越法律的人，因为从法律上讲，他已经死了。书中，除了夏蓓尔和他那阴险狠毒的妻子之外，另一个重要角色是律师德维尔，而书中很少出场的弗劳德伯爵，就是现实中伊万的角色。

　　我们误以为世界上只有一种规范行为的法律，一套道德标准和法律体系，实际上，除了这种法律外，还有其他法律存在。这就是我想让伊万明白的。《水手比利·巴德》就是一个例子，书中的人物威尔船长就面临两种法律——军事法和上帝法——他因此陷入了两难困境。他一直被比利·巴德的死折磨着，临死前还叫着比利·巴德的名字。（在 E.M.福斯特创作的歌剧剧本中，福斯特和布里顿没有采用歌剧的俗套剧情——让其他歌手倒在死者身边——而是让这个角色继续活着。）

对伯爵来说，夏蓓尔上校只不过是一缕魂魄，在活人身边阴魂不散。只有当夏蓓尔认识到法律上的存在和肉体存在是两码事，认识到规范人类行为的法律具有多样性时，他才甘愿被送进精神病医院或疯人院，承认自己是"神圣的人"。夏蓓尔放弃了自己的权利，将上校的身份和伯爵夫人丈夫的名份都转让出来。他掉进了漏洞，游离于法律承认和管理的范围之外，已经不存在了。

然而，克里斯多夫终究不能复活，法律恐怕也无法判断我和他的关系。我们还是夫妻，这是毫无疑问的，然而我们的关系就像上校和伯爵夫人，就算德维尔律师发现什么证据，我们也只是名存实亡的夫妻。因此，现实和小说有明显的差异，而现实在小说上几乎找不到雷同之处，这正是小说的创作目的。我和克里斯多夫之间的问题和小说中的情况相似，都面临字面上的法律和个人实际情况之间的矛盾，而问题的关键在于，要服务和保护的是谁。

"没事，"伊万说，"现在不适合谈这些。"

远处，有个男人起身走出酒馆，来到堤坝上。他张开手臂，手里举着类似酒杯的东西。另一个男人在欢呼，大概在邀杯或聊天。如今，这种兄弟情义越来越少见了，只有特殊场合大家才会聚在一起，比如说周日约去公园踢足球或每月约一次扑克牌。那些喝酒的人算不上铁哥们，他们之间更多的是虚情假意，逢场作戏。我知道，那群人里肯定没有克里斯多夫。不过，或许就在一周前，他也去过那儿。

当往事如烟散去，当你不用做选择，不用挽救婚姻，不再左右为难时，昔日人事会以惊人的方式再现脑海。所以，真正让我们念念不忘的是那些死去的人，而非生者。当那个人活着时，和他相处，你就会想起对方令你反感的点点滴滴——或者大多数情况下，就像我和克里斯多夫一样，根本想都不用想——然而，当那个人离开人世后，你就会开始怀念他。

"不，"我说，"我们得谈一谈，趁现在还不晚。"

伊万半晌不说话，然后才说："行，说吧。"

5 以谎封缄

　　我知道我不会跟伊莎贝拉和马克坦白。我这么做的真正原因，并不是为了保护伊莎贝拉，也不是因为克里斯多夫，更不是因为我对谁做过什么承诺，真正的原因是为了我自己。我希望在别人眼里，我和克里斯多夫从来没有分开过，我们的婚姻没有危机，没有任何离婚的迹象。不知为何，我突然想继续维持这段婚姻。

◆

不管我答应过伊万什么，我知道我不会跟伊莎贝拉和马克坦白。我这么做的真正原因，并不像我对伊万所说的，是为了保护伊莎贝拉；也不是伊万想的那样，是因为克里斯多夫；更不是因为我对谁做过什么承诺，真正的原因是为了我自己。我希望在别人眼里，我和克里斯多夫从来没有分开过，我们的婚姻没有危机，没有任何离婚的迹象。不知为何，我突然想继续维持这段婚姻。

克里斯多夫刚出事时，这其中的道理我又明白多少呢？恐怕当时我也说不清其中的原因，只是凭直觉做事而已。我对克里斯多夫和婚姻的看法发生了转变，这种转变体现在我对这个地方的感受上。我在格罗妮美那就是个骗子，这里对我来说一点儿也不重要。然而，此时此刻，我觉得这里的重要性超越了其他任何地方，仿佛全世界只剩下希腊半岛上的这座小村庄。

离别的时刻逐渐迫近，我的这种感觉也越发明显。直到第二天早餐时间，我才见到伊莎贝拉和马克。他们看上去和往常一样，只是多了几分憔悴。我走到他们面前时，伊莎贝拉抬起头，突然问道："你明天走吗？这儿没事了，我准备带克里斯多夫回去。"

她戴了一副大墨镜，说话时没有摘下来，大概是想遮住红肿的眼睛。她竟然喊出了那具尸体的名字，直接叫它克里斯多夫。之前，她说尸体时总是以"它"来代替。这个小细节透露着一个重要信息：她已经决定离开，决定接受这份悲伤，承认那具腐烂的尸体就是她的儿子。

关于调查的事，伊莎贝拉倒没说什么，我不知道马克是如何劝服她接受这件事的。按照她的性格，应该会大吵大闹才对。

然而，她没有。她只是不安地摇头，似乎已坦然接受了事实。所以，这会儿她看上去轻松了许多。不过，我估计一回到英国，她的脾气就会爆发。可是不管怎样，她已经决定离开了，决定向前看了。

伊莎贝拉开口说话了，尽管我们挨着坐，可她说话时并不转过来看我。

"我想，"她用虚弱的声音说，"走之前去他离开的地方看一眼吧。"

她没有说"他被杀害或被谋杀"的地方，而是说"离开的地方"，这个措辞就说明了一切。她用这种模糊的说法掩饰这起杀人案的特殊性，好像克里斯多夫并不是被谋杀的，而是自然死去的。

"我知道没用，"她说，"但我还是要去。以后，我永远都不会再来了。"

马克点点头，握住她的手，显然他们事先商量过了。我知道，她想站在克里斯多夫被害的地方，去看看那条死神经过的马路。她想换种眼光去看那个毫无意义的地方，这是种纪念行为。死者在生者的心中留下一片巨大的空虚，每天、每小时对我们来说都是煎熬。

悲伤都是自私的，所有沉浸在悲伤中的人到最后都是为活着的人而非为死者感到悲伤。这样就有了某种寄托：人死后，内在生命就失去了神秘感，他们的秘密在某种程度上就失去了吸引力。

为我们熟悉的活人哀悼比为鬼魂哀悼更容易。有时为了省事，我们对自己的错觉坚信不疑，坚决捍卫。比如说，大多数人找到死者留下的日记本时不会立刻打开，而会将它原封不动地放在最隐秘的地方，免得看见了害怕。所以，死人在我们眼里就是鬼魂。

"我不知道怎么去那个地方。"最后我说。

"马克已经找好车了。"说完，伊莎贝拉转过去看他，拍了拍他的手，他们的关系明显变好了。"我们吃过午饭再去。在这个破地方吃完最后一顿就可以走了，反正我是不会怀念这儿的食物的。"

我顿时心生反感。虽然我之前也说过同样的话，但是这个酒店毕竟是她儿子选的，是他死前做的最后一个选择。

她又转过去看马克，然后整个人倾过来握住我的手，说："当然，我们会照顾尔。所有都归你。"

我一头雾水。我当然听懂了那句话的字面意思，但她的言外之意是什么呢？或者说，让我感到困惑的是什么呢？是她唐突的说话方式，抑或是源自我潜意识里的本能排斥？还有，她所谓的"所有"指什么呢？难道是指那套公寓？我和克里斯多夫分手时，他倒是确实说过那套公寓会归我所有。

我知道最后会谈到房子的问题，但我没和他商量过。当时，我不理解克里斯多夫所谓的"归你"是什么意思，意思是让我在公寓继续住，他搬出去——后来，他确实搬走了。没过多久，我也搬到伊万那里，那套房子就空了——还是指那套房子的所有权归我？伊莎贝拉所谓的"照顾你"和"所有都归你"大概指的是那套房子吧，显然，她说的不是私人物品或遗物。

我收回了手。

我和克里斯多夫结婚时，在他的要求下，我们都写了一份遗嘱。虽然很多朋友结婚后都写了遗嘱，但我是排斥这么做的。婚姻总会让我们想到结局，这些文件的作用就是以防万一，除非真的发生了意外才能用上。一般来说，夫妻签订婚前协议是考虑到离婚的情况，遗嘱主要是用来处理死后的问题。

伊莎贝拉和马克询问过克里斯多夫的意见吗？"所有都归你"是克里斯多夫的想法吗？难道早在搬家之前，他就找律师改过遗嘱，说"情况变了，我要改遗嘱，改掉原来的条款和受益人"？或者说，他已经有这种想法了，只是还没来得及实行？不过，他的财产能留给谁呢？我们没有孩子，他也没有兄弟姐妹，他父母又有自己的财产。

我们拥有自己的家庭律师，一位非常值得信赖的先生，我们的个人事务都按他处理。如果克里斯多夫修改了遗嘱，律师肯定会告诉伊莎贝拉和马克。或者，马克听到克里斯多夫遭遇不幸的消息后会立刻打电话给律师，之后他也可能经常打过去，询问调查的事。律师肯定会说："一两个月前，克里斯多夫找我改过遗嘱，他们准备离婚了。"如果伊莎贝拉和马克已经知道了这件事，我该怎么解释呢？

"克里斯多夫来希腊之前给我打过电话，"伊莎贝拉说，"我没跟你说，因为是一个无关紧要的电话。当时，他留言说他有要紧事要说。我在想，他当时要说什么呢？"

她在试探我。我不敢正视她。克里斯多夫肯定想说离婚的事。我靠在椅背上，这种感觉比想象中更煎熬。所以，事实是克里斯多夫彻底心灰意冷了，完全没有复合的打算了。我的脸开始发烫。呼吸加速，眼泪止不住地往上涌。马克突然靠过来，问我需不需要喝点水，我摆摆手，我注意到他偷偷朝伊莎贝拉使了个眼色。

伊莎贝拉清了清嗓子，继续说："是要告诉我们，你怀孕了吗？克里斯多夫在电话里说有要紧事，而且你又没跟他一起来旅游……'

我看着她，神色慌张。她盯着我，满眼期待，似乎在问："他是带着我们的爱离开的，对吧？我们想确定，你也爱他。你爱他，对吗？"我无法立刻做出回答。我太惊讶了，虽然她有权力问这个问题。儿子结婚后，母亲最关心的肯定是传宗接代的问题。可他们的期待让我感到恐惧。但我能理解她为什么会有那种期待，我知道，尤其是儿子死后，他们对孙子的渴望就更强烈了。

伊莎贝拉仍用充满渴望的眼神盯着我，我知道此时她脑中正闪过"有要紧事告诉你""请照顾她"之类的话。她的眼神中流露出贪婪和怀疑，想洞穿我的秘密。看得出，她期待那个孙子。儿子死后，我是她唯一的希望和慰藉，她将所有希望都寄托在我身上，试图从中获得些许安慰。

有了孙子，有了克里斯多夫的孩子，她的痛苦就能减轻许多。那个孩子会遗传克里斯多夫的长相，延续父亲的生命。那么克里斯多夫的财产，连同他们的财产，将全部由这个子嗣继承。这才是她最初的想法，毕竟他们只有这一个独子，而我肯定会再婚。

她有这样自私的打算，我并不怪她。这是人之常情，换成我，我也会这么想。我多希望能给她一个肯定回答。某个瞬间，她想不通的事也同样困扰着我。克里斯多夫死了，他什么都没留下，没留下任何有形的遗物，比如一个孩子，他只留下一点儿回忆，而从某种意义上说，这些回忆终会随时间渐渐淡去。

然而，我没有怀孕，他们的财产也没有人继承。或许，伊莎贝拉和马克会把钱捐给各种慈善机构。

"我没怀孕。"我说。

她点点头，似乎预料到我会这么回答，毕竟那个孩子只是她的一个愿望而已。她低下头，立刻露出怀疑的神色，这种怀疑似乎在她心里潜伏已久了。她肯定在想：既然你没怀孕，那么克里斯多夫想说的"要紧事"到底是什么？她有点失望，但也不是特别惊讶。这对她来说又是一个打击。她刚刚才从儿子死亡的悲痛中走出来，需要一些时间才能接受这个事实。可这件事对她来说真的重要吗？

"我们已经分手了，所以我没来希腊。"就这样简单的一句话，我却说不出口。我的舌头在拼命反抗，不想做任何解释。我可以编造谎言，告诉她我们一直在考虑孩子的事，只是克里斯多夫把精力都花在新书上了，我们打算等他完成新书后就落实计划。但是这些话我也说不出口。

她突然别过头去。

"一想到克里斯多夫什么都没留下我就难过。"

"那本书，"我说，"他快写完了。他来这儿就是为了能心无旁骛地写书。没人打扰的话，他的工作效率高多了。"

"那本书……"她重复道。

"或许我们可以以他的名义建一个基金会。"

伊莎贝拉不屑道："什么基金会？我对基金、奖学金之类的很反感，这些项目都不是为纪念死者建的。这件事再说吧。"她顿了顿，继续说："我们只想让你知道，你的处境并不困难。我知道你的工作收入不高，但钱的问题你根本不用担心。"

这种结果和我预想的完全相反。我和他们的关系并没有解除，还会维持下去。我们都刚刚失去亲人，我甚至没有孩子，但物质却成了我们之间的联系。今后，我们会一起吃午餐，互通电话，他们会救济我——当然，我没有资格接受。这形成了一连串的联系，而我在其中扮演着寡妇的角色。从法律上讲，我的身份已经变了。

事实上，我的痛苦无所依托，也不可能消失。我总是对过去的事感到悔恨。我害怕在自己谈论克里斯多夫的时候会不自觉地流露出悔恨情绪。我也一直在反省自己，作为妻子，是不是对丈夫的爱根本不够。就算他出轨了，如果我还能始终如一地爱他，我就能拯救他，挽救这段婚姻。我本来可以像伊莎贝拉期待的那样对丈夫多付出一点爱，多做一点牺牲。

我失去了多少改变过去和未来，改变自己，做个忠于丈夫的遗孀而不是出轨的前妻的机会呢？过去的日子充满了无数可能，每一个小小的改变都能影响未来。只要我们转变观念，就能走向不一样的未来。而现在，时过境迁，我们再也回不到过去了。

⚬--------⚬

过了一会儿，我们同时起身。

"半小时后会有汽车来接我们。"伊莎贝拉说，"明天我们坐车去雅典，然后回伦敦。我已经订好票了，马克还是雇了昨天那位司机，好像叫——"

"斯特凡诺——"我打断了她，"我无法忍受坐斯特凡诺的车。"我抓住她的手臂。

"怎么了？"

"能让马克换个司机吗？"

"为什么？你之前不是找过他吗？"

"我希望换个司机。他——"我顿住，不知该怎么形容，"令人心烦。"

这句话的意思不言而喻。伊莎贝拉立刻露出同情的神色，挽住我的手臂说："行，没问题。女人独自出行确实很难，男人真讨厌。马克会找别的司机。"

我在想象斯特凡诺的反应。斯特凡诺之前就觉得马克是个排外的英国人，接到取消通知的消息后，他对马克"排外"的印象肯定更深了。我确实讨厌斯特凡诺，这是真的。况且，即使我不捏造谎言，马克也不会放下自己的偏见。

反正，重要的是，我们换了司机。我不想再见到斯特凡诺了，我们吃完饭就离开了餐厅。走进大厅时，我捕获到了伊莎贝拉脸上一闪而过的困惑神情。她闷闷不乐地噘着嘴，目不转睛地盯着某个地方，面色苍白，看上去有点烦躁，就像看到了鬼似的。

我顺着她的目光看过去，发现大厅里空荡荡的，只有玛丽亚一个人。玛丽亚也朝我们看过来。自从克里斯多夫死后，我就再也没见过她。我发现玛丽亚并没有看我，而是在看伊莎贝拉。伊莎贝拉被那道目光盯得不知所措。她不认识玛丽亚，也不知道玛丽亚和克里斯多夫的关系，更不知道在玛丽亚眼里，她并不是普通的客人或游客，而是她爱过的男人的母亲。

就像斯特凡诺一看到马克就想到了克里斯多夫一样，玛丽亚看到伊莎贝拉也会想起她的外国情人。她肯定觉得不安，因为她在那张温柔的女性脸庞上看到了克里斯多夫的影子，和他有着同样目光的眼睛。她们互相注视着。伊莎贝拉的表情由困惑慢慢变成反感和鄙视，玛丽亚那赤裸裸的注视让她觉得反感。

伊莎贝拉好奇地打量着玛丽亚，表现出明显的怀疑。我在想，她是不是已经猜到了（母亲的直觉）玛丽亚和克里斯多夫的关系，猜到了为什么这个女孩会用那种眼神盯着她。玛丽亚目不转睛地盯着伊莎贝拉，她的目光似乎无法从伊莎贝拉身上挪开。

伊莎贝拉被盯得脸红了，转过头小声抱怨道："那个女人真怪。"我这才知道我猜错了。她怎么能猜到玛丽亚和克里斯多夫的关系呢？毕竟，才认识几天的年轻服务员怎么能跟结婚好几年的妻子比呢？

她继续说："那就是克里斯多夫喜欢的类型。"

我有些讶异。知子莫若母，她远比我更了解克里斯多夫。

"我之前见过她吗？"伊莎贝拉用疑惑的表情看着我，好像我们是在谈论某个共同朋友身上的怪癖。

我耸耸肩，道："不知道。反正我和她没有共同语言。"

伊莎贝拉厌恶地瞪了玛丽亚一眼，然后掉头走了。

刚才她又一次触碰到真相的大门，那道门短暂开启后又关上了。

她咬着牙，往楼梯方向走，好像在说："够了，受够了。"我发现她的悲伤也要看心情，跟她做其他事一样。

她问："马克会吩咐门卫再找个司机。我们一小时后出发，你准备好了吗？"

"好的，到时我在楼下与你们会合。"

6 革命之路

他们站在那儿，中间只隔了一尺之距。时间一分
一小时地过去了，他们的婚姻之路却越走越长。虽然
这段婚姻是失败的，是建立在背叛之上的（有人出过轨，
这看似是不可原谅的错误，他们之间的亲密举动看上
去并不真实），但至少他们的婚姻仍然存在。

◆

　　马克最后找了别的司机送我们。知道我要换司机，斯特
凡诺根本不意外，毕竟上次我们三人的相处并不愉快，确实
让人"心烦"。马克不是那种会大吵大闹的人，坐在斯特凡
诺的车里，心里有再多不满，他都不会当着别人的面发泄出
来。他肯定不想再经历上次那种遭遇。

　　我们不知道新来的司机叫什么，他没有介绍自己。马克展
现了他的绅士风度，把后座让给我们，免得我们坐在司机旁边
尴尬。他坐在前面，并不看司机，摆出一副高高在上的姿态。

　　马克问司机知不知道我们要去哪，那个人点头说科斯塔
斯提前跟他说了，他知道怎么走。听他说话的口气，好像我
们要去的是某个酒店或旅游景点似的。

　　伊莎贝拉用一种紧张困惑的表情看着窗外，她还在纳闷，
究竟是什么把克里斯多夫吸引到这儿来的。我想这个问题，
就算她在这儿待上一辈子，就算她看过了克里斯多夫死前去
过的地方也找不到答案。所以，她说得没错，确实可以离开了，
这里对她来说已经没有探索的意义了。马克对司机说："我

们要去儿子生前最后去过的地方。"

直到现在，我还是不明白马克为什么会说那句话。他不像是会把心里话跟陌生人讲的人。他不喜欢聊天，也不想讨好谁。

司机稍稍点了下头，倒没说什么，或许是没听懂。马克也不管对方听没听懂，自顾自地说："我们走之前得去一趟。"司机再次点头，好像在说"我知道"。

显然，这位司机善于倾听，懂得沉默的艺术。当然，他这么做也可能是迫于职业的需要。不过，我遇到的很多司机倒是都喜欢主动拉着乘客聊个没完，恨不得一吐为快。斯特凡诺就是这样，至少遇到我时是这样。司机沉默片刻后用流畅的英语说："这些事确实很重要。"听到这句毫无意义的回答后，马克不住地点头，双眼放光，好像对方说了什么深刻的、具有同情心的话似的。

马克大概想找个陌生人倾诉他的悲伤。有时，向陌生人倾诉更能找到安慰，因为你不会受到他的情绪影响。而跟同样处在悲伤情绪中的人倾诉就不一样了。或者，他只是想跟男性交流，他一向喜欢跟男性朋友打交道。这个家庭里原本就只有两个男人，可现在却只剩他自己了。所以，一遇到司机，他的话匣子就打开了。

马克接着说："你知道吗，我的儿子被杀了。"

司机又点点头道："真不幸。我也有两个孩子，您经历的大概是这世上最不幸的事。"

马克转过头面向司机说："我们可以留下来，但有什么意义呢？律师建议我们向伦敦警方求助，回国后还要审讯，政府也会介入。毕竟，公民在国外被杀，这其中涉及个人利益。但这些有什么用呢，我的儿子也不能死而复生。况且，他们可能根本就找不出凶手。"

他对希腊警察的办事能力感到无语。

"我们没有理由留在这里，但又不想离开，总觉得像抛弃了克里斯多夫一样。我的儿子叫克里斯多夫。我们要把他带回英国，安葬在家乡。这里的事没有结果，我们心里总觉得像是把他一个人丢在这儿了似的。"

伊莎贝拉一直凝视着窗外，没有注意马克在说什么。这么多年过来，她大概已经能自动屏蔽丈夫的声音了。

"我估计活着的人都有这种感觉，"马克说，"不管做什么，你还是会觉得内疚。"

　　这是最发自内心的一句话，有点忏悔的意思。他俩都盯着前面的路沉默不语。司机终于被马克弄糊涂了。片刻沉默后，司机依旧没开口，马克则转过头，看向窗外。

　　车子一直往北开，路过好几个村子，最后驶入了一条空旷的马路。这里比我之前去过的地方还偏远。单车道马路两边都是烧焦的灌木丛，中间有几株被烤焦的仙人掌，仙人掌的叶子垂头丧气地吊着，部分已被烤化了。虽然这个季节不是春季，但是黑漆漆的土地上还是冒出了小嫩芽。大概就是这儿了，位于两个村子之间，某天晚上，克里斯多夫可能在这儿散过步。

　　司机清了清嗓子，肯定是被马克刚才的话弄得不知所措了。司机知道，这个英国人在他面前显示出了紧张、坦诚和冷漠的真实情绪，他应该做出回应。毕竟，马克看上去是那么强悍的一个人，很少露出软弱的一面。司机说他无法想象那种痛苦，这就是他的心里话。

　　"快到了。"他又勉强补充一句。

　　伊莎贝拉坐起来，她的身体立刻变僵了。马克假装没听到司机的话，又没完没了地说了起来，他大概希望司机永远不要停下来。

"没有父亲愿意给儿子送终，"他说，"这违背了人的本性。"正说着，车子开始减速，慢慢地在一座小村庄前停下。马克终于不说了。司机熄灭引擎，车内陡然安静了。伊莎贝拉在座位上挪了挪。

"到了吗？"她质疑地问。她的语气非常不满，就好像司机是不靠谱的售房中介，给她看了一套次品房似的。她的表情似乎在说："不好意思，这间房不能满足我的要求。"然而，又有哪间房子能装下她心里的悲伤呢？

◦----------◦

伊莎贝拉突然解开安全带，下了车。马克坐着不动，双手放在大腿上，没有看伊莎贝拉。伊莎贝拉靠在车门上，一只手扶着车顶。司机也下了车。伊莎贝拉往远处走了几步。

"你怎么知道是在这儿？"

司机避开了她的视线。伊莎贝拉的语气咄咄逼人，就像那些吵着找管理者投诉的女人。马克的呼吸变急促了。他深吸了一口气，终于鼓起勇气打开车门。之后，我也下了车。

我倒想待在车里，但是不能。

"你确定是这儿？"伊莎贝拉再次询问。

司机点头："没错，就是这儿，我确定。"

我在想，他是不是跟斯特凡诺一样，那天早上开车经过这儿时看到了路障和停在路边的警车，还看到尸体和那一幕——蓝布下露出的死者的腿和斜摆在担架上的脚。这条路是两个村子间最短的路，所以那天早上肯定有很多人开车从这里路过。

我转身去找伊莎贝拉和马克，发现他们正肩并肩地站在离我二十英尺远的地方，都望着这一片被烧焦的黑土。远处的地平线处隐约可见电线、棚屋、废弃的油桶和一排低矮的混凝土楼房，伊莎贝拉和马克静静地站在那里。他们没有靠在一起，但挨得很近，几乎就要碰到彼此了。这几天里，甚至是这几年里，我从来没有看见他们这么亲密过。

然而，这一幕并不像是短暂的和解，更看不出分手的迹象。他们像迷失在异国他乡的夫妻，因为找不到回去的路差点打起来。妻子头也不回地走了，丈夫留在车里，绝望地翻着地图。他们在想，这里究竟发生了什么，我为什么要来这里？他们注视着周围黑漆漆的土地和烧焦的植物，大概是在寻找可能的线索，结果并没发现什么可疑之处。

伊莎贝拉扶着马克的手臂，颤颤巍巍地走到马路边。他们看上去瞬间苍老了许多，不光是因为克里斯多夫的死，还因为这个地方。有那么一瞬间，我甚至相信了所有凶杀地点都会闹鬼的传言，以为是鬼带走了伊莎贝拉和马克的生命。

希腊到处都流传着这种故事，这是这个国家文化传统的一部分。我记得，这就是克里斯多夫来马尼的原因。虽然伊莎贝拉说，"那家伙肯定是为了女人，老是管不住自己裤裆里的东西"，但事实上，克里斯多夫是因为崇拜死亡才来这儿的。

他似乎是为了死亡而来，但他绝对不可能自杀，更不可能自己把自己砸死。他来马尼是为了寻找死亡的痕迹和象征意义、死亡仪式和死亡留下的东西。他曾经看着这片土地，把这儿当成祭奠死者或垂死之人的地方。他在思考死亡时难道不会想到自己的结局，想到死亡有可能降临到自己身上吗？如果他没有发现任何预兆，肯定不会思考死亡的意义。他这一辈子也改不掉的拈花惹草的习惯似乎正是对死亡做出的徒劳反抗。

人一旦过了某个年纪，距离死亡的日子就只有数十年而已。幸运的话，你可以活二三十年，剩下的时间屈指可数。如果克里斯多夫早已预感到死亡，那么他又是怎样看待我们这段婚姻的呢？就算他不后悔分手，肯定也有着和我一样的感受——我们没有时间从头来过了。更何况，他还比我大八岁呢。当他站在这里时，当他处于生命的最后时刻时，他在想什么呢？或许他什么也没想。他可能觉得这个地方很普通，毫无特别之处，接着，他就被人袭击了。

我环顾四周后发现，这里根本不像克里斯多夫遇害的地方，这里不能带给我丝毫亲切感。而假使我看到丈夫睡过的床、工作的书桌、用餐的餐桌，我立刻会觉得亲切熟悉。可这里只有一条荒无人迹的马路，但也算不上特别荒凉，因为你可以看见远处的村庄、电线和烧焦的灌木中若隐若现的仓库。我们脚边到处是瘪啤酒罐和烟头。

地上到处是烟头。我发现烟头的包装纸很新，稍微有点儿发黄，可见是不久前丢在这里的。难以想象有人曾站在这片废墟上抽烟，说不定当时火还在燃烧呢。他大概觉得这片土地反正都毁了，就不需要再保护了。没错，这里确实是一片废墟，但是谁会站在这儿抽烟呢？谁会站在这条马路上呢？就连此时此刻站在这儿的我们，都忘了自己为何而来。

我回头看伊莎贝拉和马克，想起了我和他们第一次见面的情形。我在和克里斯多夫订婚后才去拜见他的父母，在此之前，我从克里斯多夫那儿听过一些他们的事，不过，几乎都是负面的事。克里斯多夫很少谈到他的父母。有一次，他突然聊了很多有关他父母的事，还聊到了他们的婚姻。不知道是因为他自己快结婚了——我们结婚的时候他已经不小了，之前他一直没有想过结婚——还是只是因为他对父母，尤其是伊莎贝拉的感情大门一旦打开了，就再也无法关上，那时他急需找人倾诉内心的感受。

所以我很担心，比一般人还焦虑，毕竟丑媳妇见公婆从来都不是件容易事。虽然我希望他的父母不像他形容的那般可怕，虽然克里斯多夫也肯定地说"你可能会爱上他们，他们都很可爱"，但我发现，我没办法爱上他们，也没能力发现他们的可爱之处。从那时起，我和他们的关系就很紧张了。我仍记得家庭聚餐时的画面。第一次见面后，我们便约定每月聚餐一次。每次聚餐，我都坐在他们对面。伊莎贝拉和马克只顾用餐，整个晚上都不怎么交流。当时，我希望我和克里斯多夫的婚姻别变成他们那样，然而到头来，还是事与愿违。

虽然我说的是希望，但事实上，我对自己的婚姻充满自信，觉得我和克里斯多夫绝不会变成他们那样。我无法想象那种可怕结局。最后，我们的结局确实跟他们不同，当然也不是我曾经梦想的那样。那时的我，就跟那些带着优越感打量老人的年轻人，跟那些无法接受变老，更不敢想象死亡的人一样，不相信我们的婚姻会变成伊莎贝拉和马克那样，更不用说会想到离婚了。

然而，五年之后，我的自信被现实打败了。五年时间，我们的婚姻只是伊莎贝拉和马克婚姻中的一小段插曲。而这一刻，他们的婚姻还在继续。他们站在那儿，中间只隔了一尺之距。时间一分一小时地过去了，他们的婚姻之路却越走越长。虽然这段婚姻是失败的，是建立在背叛之上的（有人出过轨，这看似是不可原谅的错误，他们之间的亲密举动看上去并不真实），但至少他们的婚姻仍然存在。

然而，我的婚姻却结束了。我盯着他们，忍不住重新思考他们的婚姻。我之前竟然没有自知之明地嘲笑他们，多不可思议啊。那时，我和克里斯多夫刚订婚，还沉浸在新婚的幸福中，被幸福冲昏了头脑的人大多眼界狭隘，目光短浅。现在回过头来再想，我才明白原来我根本不懂他们的婚姻，或者说不懂婚姻的真谛。但他们懂得。而我和克里斯多夫却永远也不会懂，或者说从未用心感受过。

突然，伊莎贝拉转身走过来。"看完了。"她说。

司机会意地点点头。伊莎贝拉坐到后座。她挺直了背，盯着驾驶座的靠枕出神。我看到她眼里有泪花在闪烁。她咧了咧嘴，努力掩饰自己的悲痛，撑起胳膊说："马克，走不走？我想赶快离开，不想多待一秒。"

马克朝司机点点头，两人都回到车里。司机慌忙摸出车钥匙，发动引擎，汽车长鸣一声，我们便离开了。伊莎贝拉向后靠着，不住地摇头，扯动嘴角，强忍着眼泪。

"你们去哪？回酒店吗？"司机问。

"对，回酒店。"

"什么时候回伦敦？"

"尽快出发，收拾好东西就走。"马克答道。

7 漫长的分离

　　真正的罪人不在暗处，也不是陌生人，而是我们
自己。在所有嫌疑人中，没有人比我的犯罪动机更明
显了，事实上，我的杀人动机还不止一个……每当这
种种犯罪动机加之于身，我的心就被罪恶感吞没，为
活着感到羞耻，为无法弥补的错误感到悔恨。

　　然而，其他人似乎早已释然了。

◆

　　那个冬天，南太平洋上的一艘游艇失踪了。某日深夜两点，一位新西兰的气象学家接到一个陌生女人打来的电话，这个女人说他们的船在海上遭遇了暴风雨。她把自己所处位置的坐标说给了气象学家，并向他询问该往哪个方向走。当时，气象学家正在上夜班，他需要先研究气象预报才能回答她的问题，所以就叫她30分钟后再打过来。

　　然而，那个女人没有再打电话来。根据惯例，气象学家拉响了警报。救援小组使用无线电搜索，尝试与那艘船上的人和那个女人取得联系。他们一直给那个女人打电话，打了好几个小时都无人接听。警方只好联系附近的其他船只，问他们有没有见过一艘遇难的游艇。

　　36小时之后，警方派出军用飞机前去救援。也许那个女人打来电话时游艇并没有遇难，她只是发出他们即将遇到危险的求救信号。然而，海上的时间比陆地和空中的时间要稍微慢一点，况且那个区域漫无边际，周围的海域绵延约一千海里，搜救难度很大。飞机搜索了好几个小时，把海面的可疑物全都找出来了，还是一无所获。

一周过去了。游艇上包括船长和船员在内的332人全都没有音信。失踪乘客的家属们纷纷赶到澳大利亚，心急如焚地等待亲人归来，仿佛地理上的近距离能稍微缓解他们内心的焦虑。这些人大多数都来自欧洲，经过二十多小时的远航后到达澳大利亚，入住在一家经营南太平洋豪华游轮的小型邮轮公司开的酒店里。

当时，这起事件在英国引起了比较大的反响，因为出事的那家邮轮公司向来受退休人群的喜爱——该公司的邮轮有宽敞的船舱，而且船员和乘客的比例也安排得恰到好处。在舆论的影响下，更多国家参与到救援行动中来。搜索的范围扩大了。可随着时间一分一秒流逝，家属们开始感到绝望。尽管他们住的五星级酒店不仅有豪华的设施，还提供海湾和码头美景，可这些丝毫不能减轻他们内心的焦虑。豪华的环境只会让他们想起自己身在异地并且处于一种焦虑的等待中。

事实上，这几周的等待只是一个开始。游艇一直没有下落，乘客们生死不明，警方的搜索工作逐渐减少，保险公司也开始向失踪者的亲人们赔付保险金。（起初，媒体记者都追着家属采访，千方百计地想多挖点故事，可就像熟知的情形一样，某一天他们突然就失去了报道的兴趣，而这件事也就自然而然淡了下去。）家属们说他们感到非常矛盾和焦虑，不知是该心存侥幸，还是"往前看"。

他们没法往前看，这其中一个很重要的原因是，这艘游艇莫名其妙地就失踪了。按常理来说，游艇跟游轮航行的距离差不多，当今的科技非常发达，要找到这么庞大的目标应该不难。更何况，这艘游艇采用了当代最先进的科技，有万无一失的安全配置，而且，当天的气象预报显示该区域并没有暴风雨。所以，那通陌生女人打来的电话就成了一个谜。总之，警方没有打捞到任何残骸，这艘游艇就这样悄无声息地从世界上消失了。

这件事引发了各种猜测，有人认为是自然灾害引发的（游艇被大海吞没了），有人说是地缘政治造成的（游艇被恐怖分子袭击了）。当时最盛行的说法是，这是一起乘客和船员精心策划的失踪事件。他们买了票，告别了亲人，然后躲到世界的某个角落，最终定居在类似于瓦努阿图群岛（以自然风景和土著民对菲利普王子的崇拜而闻名）或所罗门群岛这样的，某座遥远的异域小岛上。

　　有人说乘客们还活着，在某座美丽的热带小岛上过着幸福生活，开心地享受他们的假期。这种说法简直荒诞离奇，不过这无疑是个完美的答案。当然，这种解释引来了家属们的极大不满。因为，若如此说来，乘客们想逃离的不只是现实生活，还有与之朝夕相处的家人，也就是那些此刻正苦苦守在凯恩斯，等待与亲人重聚的家属们。但是，我们不也经常这样怀疑死者吗？当然，克里斯多夫的死跟游艇失踪事件不是一回事。他已经死了，这是毫无疑问的事实。但是，他的死还留下了一些悬念。你细想就会发现，所有的死亡都是悬而未决的——违背了死亡本身的完结性，留下不确定的问题——克里斯多夫的死也一样。

◦----------◦

　　正如预期那样，一年之后，克里斯多夫的案子毫无结果，最后不了了之。警察原本就不指望找到凶手，所以他们对调查结果并不感到惊讶或失望。这个消息是伊莎贝拉打电话告诉我的。

"他们结案了，"她说，"我们可以重新报案。但是，就算重新报案，我估计结果也差不多。他们没有发现任何证据，整件事从一开始就搞砸了。我和马克决定翻篇往前看了，你呢？"她用试探的语气问，或许她真的想知道我的想法。

"我不同意！"我脑海里闪过的这个答案连我自己都感到惊讶。就像伊莎贝拉说的，"整件事从一开始就搞砸了"，但我仍希望能重新调查，使用所有法律手段将案子查个水落石出。或许，我们能找到凶手，查出事情的真相。那样，我们才能真正地"翻篇往前看"——伊莎贝拉的措辞很奇怪，这显然不是她的真心话，这是一份预演好的"台词"，是对她背叛克里斯多夫的托词！

我还没来得及回答，她就抢着说："另外，克里斯多夫的投资，或者说马克以他的名义所做的投资到期了，总共三百万英镑左右。"

我惊讶得说不出话来，想不到自己会有资格继承这笔财产。

"具体情况律师会向你说明的。钱不多，"她讽刺地说，"这点钱现在只够在伦敦买套房子。"接着，她说她累了，过两天再谈，说完就仓促地挂断了电话。

那天，我经历了一番激烈的思想斗争，直到晚上，我还在想那笔钱，无心做别的事。我知道我没资格继承那笔钱，但也没有理由拒绝。我在想，我应该接受多少呢，只接受一百万英镑的话，我的良心会好受吗？两百万英镑呢？可这重要吗？事实上，克里斯多夫死后，我对他的感情已经变了。假如他还活着，我们肯定会离婚，那么我也会得到一半财产。因为依照法律来看，我是受害方。

一般来说，我们会高价请律师去为自己争取最大利益，或尽可能减少损失。然而，克里斯多夫为什么没跟我提过这笔钱呢？回到伦敦后我才知道，他在两年前继承了这笔财产，而当时我们的婚姻还没有出现问题。这笔钱是马克以克里斯多夫的名义做的投资。我不懂他为什么把钱交给马克，甚至还放在马克名下。不过，我没有追问更多细节。或许，他早就做好了离婚的准备，为防我分财产才这么做的；或者是，当时他不需要这笔钱，懒得打理，干脆就交给马克了。

我也不需要这笔钱，但是这笔财产总要有人来继承。我并不贪财，在这种情况下，我宁可不要财产。但我发现，三百万英镑确实是个相当诱人的数目。三百万英镑，并不像伊莎贝拉说的，只能买套房子，事实上，它能让我过上一种全新的生活。

大约一周后，我收到斯特凡诺的信息，他说他和玛丽亚结婚了，他们很幸福，还打算要个孩子。从希腊回来后，我就再也没联系过斯特凡诺，没想到他竟然找到了我几乎不怎么登录的脸书账号。我好奇地点开了他的个人主页，看到他上传的结婚照。从照片中可以看出，他和玛丽亚就在我们之前住过的那家酒店举行了婚礼，站在我之前坐过的石堤上交换了誓言。

过去一年，我常常在想，当时是不是我太心软，过于同情斯特凡诺，以至于忽略了他的本性。现在回想起来，他根本没那么可怜，不过是失去了女人的爱罢了，这点挫折微不足道。但是，他有杀人动机，这种动机比一沓钞票、一块表、一枚结婚戒指、一笔信用卡上的费用还有吸引力。他有时间策划杀人行动，有机会下手，肯定也有过"要是他死了该多好"的念头。

不过，从脸书上的信息可以看出，他丝毫没有罪恶感。

他大方地分享了自己的结婚照和生活照，照片的内容都是日常琐事，字里行间流露着新婚的幸福。假如他杀死了克里斯多夫，他又怎么会发这样一则信息给我呢？然而，如果凶手不是斯特凡诺，又会是谁呢？这条突如其来的消息和伊莎贝拉打来的电话重新将我的注意力拉回到那件案子上。

我一直以为克里斯多夫是被小偷杀死的。当然，这种情况下，很难判断对方是故意杀人还是过失杀人。有一段时间，我总会想起那个小偷。虽然我从没见过他，更不可能认识他，但我相信这个人是存在的。而他现在还拥有自由，过着逍遥自在的生活。或许，他还在希腊乡村某个地区游荡，寻找新的打劫目标。此时我才惊讶地发现，我们竟对凶手一无所知，甚至连最基本的信息都不知道！

我们不知道小偷长什么样子，头发是深色还是浅色，是卷的还是直的，是浓密还是稀少；也不知道他有没有家人，妻子和孩子是否也住在马尼，他的身材高大还是瘦小。说不定，他是个身材矮小、外表温柔的男人；也说不定他身高六尺，黑皮肤，脸上长满痘痘。这个小偷和伊莎贝拉一样，都是克里斯多夫生命中最重要的人。伊莎贝拉给予了克里斯多夫生命，而小偷则终结了他的人生。然而，这个人对我们来说却是一张白纸，我们对他一无所知。

虽然我们不愿承认小偷对克里斯多夫的重要性，但我们能想象出他曾跟克里斯多夫有过亲密接触。不过，他们之间的亲密并非是通常意义下的亲密——小偷用手臂勒住克里斯多夫的脖子，用手按住他的肩膀；他凑到克里斯多夫耳边，嘴唇贴着他的耳朵，低声威胁他——这种姿势跟情侣间的拥抱意义不同，却是两个男人之间最亲密的接触。跟这个画面相比，所有带有情欲色彩的身体触碰——克里斯多夫与我或其他人之间的——都显得黯然失色了。

克里斯多夫被袭击前看到凶手的模样了吗？跟他说过什么了吗？小偷可能问了个问题好让克里斯多夫放松警惕。他可能向克里斯多夫问路，给克里斯多夫找了根烟或向他借火点烟，总之是想方设法要把克里斯多夫拦下来。或者，他可能是直接从背后猛地跳出来，捡起石头，飞快地砸向了克里斯多夫的后脑勺。如果真是这样，那么克里斯多夫根本没机会看到凶手的长相，更不用说他的具体体貌特征了。

小偷可能只想把他砸晕，没想到失手把他杀死了。但从克里斯多夫头上的伤口来看，并不能断定这起案子的性质是故意谋杀。这是一起抢劫案而非谋杀案。小偷可能误以为克里斯多夫被砸晕了，醒过来后只会感到头痛、口干而已，并不会有生命危险。当时，如果他下手轻点，那么此刻克里斯多夫多半可能已经回到伦敦了。

上述猜测的前提是，克里斯多夫是被人杀害的，但这只是万千可能之一。他也可能是摔了一跤，刚好把脑袋磕了，这种情况虽罕见，倒也不是不可能，比这更稀奇的事都有呢。而且尸检结果也显示，他死前喝了酒，死的时候已经喝醉了。再加上当时是半夜，这种情况发生的概率就更大了。然而，这种死法是最没有尊严的，在案件的调查过程中，我们最怕警方说他是喝醉后发生了意外，而不是被他人杀死的。这种结果比找不到凶手更让人不能接受。

因醉酒意外跌死，这样的死亡是多么荒诞，多么没有意义！所以，有时我宁愿相信是他的一些无意识行为导致了自己的不幸；有时，把他的死看成生命的必然结局，而非突然消失——就好像他的生命是可以随意被橡皮擦抹去的记号，消失得不留一丝痕迹——我反而觉得释然。这样一看，他就只是神秘失踪了，而不是彻底不存在了。

所以，每到深夜，我总会开始胡思乱想，想象某个女人（不是玛丽亚）的丈夫被戴了绿帽子，于是悄悄跟着克里斯多夫出了村子。我曾听到谣言说这事跟一个女人有关，某个妒火攻心的男人可能跟这件案子有关。这件案子最终调查失败，难道是因为当地村民不配合警方的调查，不愿帮陌生的外地人讨回公道？或者说，其实警察已经找到了凶手，但最终却选择了保护他？

当然，第二天醒来时，昨夜的这些想法就显得十分可笑了，前一天晚上想通的事又全部被我自己否定了。我承认，到了白天，我的想象就枯萎了，它只能在这起已经确定无疑的死亡案中寻求线索，不能进行更多自由发挥。

当爱人意外死亡后，你会不自觉地去探索更多的线索和前因后果来平息自己的心情。不过最后你会发现，这么做只是徒劳。其实，真正的罪人不在暗处，也不是陌生人，而是我们自己。在所有嫌疑人中，没有人比我的犯罪动机更明显了，事实上，我的杀人动机还不止一个——我是被出轨的丈夫抛弃的受害者（至少在外人看来事情是这样的）；杀死克里斯多夫，我就能继承他的财产；我想嫁给另一个男人……每当这种种犯罪动机加之于身，我的心就被罪恶感吞没，为活着感到羞耻，为无法弥补的错误感到悔恨。

然而，其他人似乎早已释然了。

o----------o

一年半后，我们卖掉了那套公寓。我不想继续住在那儿，伊莎贝拉和马克也认为卖掉房子最好。接着，我在原来的街区又买了套房子，新房距离之前的公寓只有15分钟的路程。我和伊万订婚了，很快就搬进了新房。这套房子对我们来说太大了，但是我们将来还会有孩子，至少一个孩子。我仍然认为那笔钱不是克里斯多夫特意留给我的，所以就放在那儿没有动。我不知道伊万的想法，我相信他能理解我，或者是，他觉得过两年我就会改变主意，也说不定。

我不确定我和伊万的婚姻能否走到最后。当然，这个问题完全取决于他而不是我。我和伊万之间有协议，虽然不是书面或口头的协议，但还是对我们彼此有一定的约束力。现在，这个协议中的某些条款已经改变了。他发现跟他订婚的女人并不是那个刚与出轨的丈夫离婚的女人，而是一个刚刚不幸丧偶的遗孀。她还沉浸在失去前夫的痛苦中，还在努力掩饰自己对前夫的怀念。有时，躺在伊万旁边，我会突然记起在希腊发生的事，想起当时心里总害怕自己假装出来的悲伤会被伊莎贝拉和马克识破。

　　但事实上，这其中并没有多大差别。我内心的真实情感和我作为合法妻子应该有的悲伤——在伊莎贝拉和马克面前应该表现出来的悲伤——其实是一样的。到最后，妻子的悲伤和前妻的悲伤并无区别。或者，非要说有所区别，那就是"妻子""丈夫""婚姻"这三个词本身隐藏了许多不确定的事实，而简单的音节和笔画下蕴含了更深刻的意义。

　　有人说，走出悲伤需要五个阶段，暴风雨过后就是晴天，时间会愈合一切伤口。但是，那些你看不到也不知道如何处理的伤口呢？要如何去预测它的愈合时间呢？我唯一能确定的是，就算克里斯多夫还活着，我还是会嫁给伊万，但我不会像现在这样，经常去看望伊莎贝拉和马克，不会跟他们讨论成立基金会的事（伊莎贝拉犹豫再三，最后还是同意成立这个基金会），也看不到克里斯多夫的第二本书的出版。

如果克里斯多夫没死，所有的事都会不同。我不会收到那些邮件和电话，不会在深夜辗转反侧，也不会生出某种说不清、道不明的感情。这种感情在我心中聚积、生长，形成一片深不见底的汪洋，几乎将我淹没。而我一人置身冰绝孤岛，无人可以倾诉。考虑到我和伊万的关系，我没有对任何人说过内心的感受。毕竟，我和伊万的感情很重要，这段感情的每个细节都是美好的，美好到不存在一丁点看不见的秘密。

有时，伊万会开玩笑说，克里斯多夫真是倒霉透了。没错，他确实倒霉，才会遇上这些事。就在上周，伊万还说，他不知道自己还能等多久。当时，我差点反问他"等什么"——其实，我懂他的意思。但我只能说"对不起，我也不知道"——现在，我就在他身边。我们同床共寝，而且已经订婚了。然而，到底在等什么，其实我们也不知道。

感 谢

感谢艾伦·莱文、劳拉·珀西亚塞普、金妮·迪林·马丁、克莱尔·康维尔、杰夫·马利根、安娜玛丽亚·菲茨杰拉德。感谢卡尔·奥韦·劳斯加德、梅根·奥洛克阅读最初的手稿并给予反馈。最后，要感谢本书第一个读者，也是最佳读者哈里·昆兹卢。

感谢蓝南基金会和OMI国际艺术中心在本书写作过程中提供的帮助。还要感射伊恩·赛特尔、斯蒂芬妮·斯卡夫的帮助以及亨特学院"赫托格奖学金项目"的支持。

图书在版编目（ＣＩＰ）数据

漫长的分离 /(美) 凯蒂·北村 (Katie Kitamura)著；叶琳译.
-- 南京:江苏凤凰文艺出版社, 2018.6
书名原文: A SEPARATION

ISBN 978-7-5594-1835-7

Ⅰ.①漫… Ⅱ.①凯… ②叶… Ⅲ.①长篇小说 - 美国 - 现代
Ⅳ.①I712.45

中国版本图书馆CIP数据核字（2018）第066174号

著作权合同登记号 图字：10-2018-197

书 名	漫长的分离
作 者	凯蒂·北村
译 者	叶 琳
责 任 编 辑	邹晓燕　黄孝阳
出 版 发 行	江苏凤凰文艺出版社
出 版 社 地 址	南京市中央路 165 号，邮编：210009
出 版 社 网 址	http://www.jswenyi.com
发 行	北京时代华语国际传媒股份有限公司　010-83670231
印 刷	北京盛通印刷股份有限公司
开 本	880×1230 毫米　1/32
印 张	8.5
字 数	150 千字
版 次	2018 年 6 月第 1 版　2018 年 6 月第 1 次印刷
标 准 书 号	ISBN 978-7-5594-1835-7
定 价	39.80 元